杏园

董夏青青 /著

New Power
Of
Chinese Literature Series

|

中国文学新力量丛书

何平 / 主编

作家出版社

出版前言

　　选择四十五岁作为"中国文学新力量丛书"青年作家的年龄上限，不仅因为约定俗成的生理和心理年龄，也是因为精神的年轮——往上追溯，四十五岁的青年作家们正好生于改革开放初期。今天谈论这些青年作家，可能分属七〇后、八〇后、九〇后、〇〇后不同的文学代际，但他们同属"生于改革开放时代"这个大的精神代际。改革开放时代的中国式现代化实践和社会主义经验，是这些青年作家生命成长的背景和个人精神事件，也是造就他们个人"一时代文学"之"时代"。因新的世界想象、教育背景、文学资源，甚至日常生活，不同于前代人、前代作家，而孕生新时代的新兴审美可能。值得注意的是，生于改革开放时代的青年作家们，虽然从事文学创作的时间不同，但他们的文学自觉大都发生在新时代，其中更年轻的写作者的文学起步则始于新时代。因此，他们的新兴审美可能和文学探索都可以视作新时代文学的新地和实绩。这需要中国当代文学批评和研究去更充分地检视、命名和赋义。这也正是我们编辑"中国文学新力量丛书"的初衷和起点。

如果将整个青年写作放到百余年的中国新文学史观察，某种意义上，我们可以说，中国新文学史也是新青年文学史。回到中国新文学起点，五四新文学运动和文学革命的倡议者、实践者正是一群生于十九世纪末的七〇后、八〇后和九〇后们。以文学而论，他们当中的年长者鲁迅，在四十五岁之前就出版了他一生中重要的两部小说集《呐喊》和《彷徨》。不仅是鲁迅，做一张现代作家年龄和发表作品时间的对照表，几乎所有的五四新文学作家在四十五岁之前都写出了他们在中国现代文学史最重要的和有代表性的个人作品——有的是一部，有的是多部，甚至有的是全部。及至二十世纪四十年代延安解放区文学和一九四九年之后的新中国文学，也大致罗列一下，像《小二黑结婚》《暴风骤雨》《创业史》《红旗谱》《青春之歌》等作为方向和重要文学收获的经典之作，也大多数是作家四十五岁之前完成并发表和出版的。同样地，改革开放时代，大家耳熟能详的五〇后和六〇后作家，他们在四十五岁之前的个人代表作几乎也是个人创作高峰。

因此，也许不算过分地说，中国现代文学每一个阶段性的文学革命和新兴审美，都是由青年们推动并完成的。我们当然可以就这种文学现象讨论中国作家如何中年写作的问题，但首先的事实，应该是，人到中年（四十五岁），一个有文学理想的写作者，应该有具备共识度和辨识度的个人代表作。这种个人代表作说到底是潜在的和未被确认的母语文学经典的备选。因此，哪些青年作家、哪些作品被选中？新陈代谢，本身就是汉语文学经典化代际转换的必经过程。"中国文学新力量丛书"，期待能够自觉地参与到这个过程。

事实上，作家协会、文学期刊和出版机构以及文学批评聚力合力培育青年文学和新兴审美，是已经被证实行之有效的社会主义文学经验。具有代表性的是由中国作家协会、中华文学基金会发起的"21世纪文学之星丛书"。该丛书自一九九四年启动，以年卷的形式，为从未出版过个人文学专集的四十岁以下作家、批评家出版第一本书，至今已经三十年。除了"21世纪文学之星丛书"，二十世纪八十年代至新世纪，其他的青年文学丛书和书系也一直在助推和彰显着文学新力量，像"萌芽丛书"（上海文艺出版社、重庆出版社）、"希望文学丛书"（北京十月文艺出版社）、"青年文学丛书"（中国青年出版社）、"文学新星丛书"（作家出版社）、"跨世纪文丛"（长江文艺出版社，除汪曾祺等个别作家，都是当时最具影响力的青年作家）、"当代著名青年作家系列"（湖南文艺出版社）、"先锋长篇小说丛书"（花城出版社）、"新生代小说系列"（中国华侨出版社）、"新生代长篇小说文库"（长春出版社）、"新活力作家文丛"（山东文艺出版社）等。其中，作家出版社的"文学新星丛书"自一九八五年阿城的《棋王》开始，前后持续十年之久。当下文学出版版图，中信出版社的"大方"和"春潮"、译林出版社的"现场文丛"、江苏凤凰文艺出版社的"新青年"、北京十月文艺出版社的"未来文学家"以及艺文志、后浪、单读和理想国等出版机构，均致力青年文学出版，但无论是专业视野、出版规模、持续时间，还是作家组成的整体艺术水准，都有拓展的空间，亟待关心和关注青年文学的各种力量共同努力。"中国文学新力量丛书"的启动，既是培养青年文学和新兴审美的聚力合力，也是致敬并光大以"21世纪文学之星丛书"和"文学新星丛书"等为代表的青年文学丛书出版传统。而且，与助推青年写作者第一本书的"21世纪文学之星丛书"和"文学新星丛书"不同的是，"中国文学新力量丛书"的重点将放在检阅和总结生于改革开放时代的青年作家们新时代新的文学表达和新的审美经验。

青年作家是文学事业的生力军，培养中国文学新力量，是新时代文学事业的信心所在，是建设社会主义文学强国的力量所在。中国作家协会和作家出版社推出这套"中国文学新力量丛书"，就是希望以专业的审美尺度测量生于改革开放时代青年作家们的个人代表作和最新创作；希望遴选出新时代中国文学版图最有活力、最有创造性的部分，描绘新时代文学图景，萃取新时代文学精神；希望这些青年作家是新星，更是未来的文学新力量。

何平

2024年9月

目 录

杏　园

　　八月初，全营受命执行高原机动任务。上山扎营时，我们支援保障连所在的营房是临时搭建的板房。为了保暖，板房里安装了一个小型锅炉。锅炉的运转开始于九月下旬，散发的热气，一度曾将板房顶的积雪融化。如今融化的雪水早已成冰，牢牢冻在房顶上，冰的上面满覆积雪。

　　十一月上旬，第一批运送冬菜的物资车开到营房点位时是凌晨两点。炊事班里一名绰号叫"狗妈"的下士来连部向我报告，说刚才炊事班班长带他爬上车查看菜质，发现一部分大白菜已有轻微冻损，再放一夜肯定冻烂。我走出去时，看见炊事班班长正披着大衣，在菜车旁来回转圈。

　　不多时，刚整理完白天视频会议记录的连长也裹着大衣出来了。我和连长一合计，吹了紧急集合哨，全连都起床出来搬菜。到早上六点，总算把冬菜都卸下车，按既定的任务时间分了菜。

　　第二天中午开饭时，炊事班班长又来连部找我，说指导员，那些大白菜进屋上架储备之前，必须把表面的烂菜叶剥掉，大蒜、大葱也得捆绑编扎。于是除了执勤官兵，全连又齐齐上手，用了近两天时间才将所有冬菜按要求收拾完毕。接连几天，连队闻起来像个菜市场。

那天，我拿一个摔掉了手把子的瓷缸泡了茶，握着暖手时感到手掌刺痛，发现手已经被烂菜帮子磨肿了。我把军医叫来，告诉他检查一下全连战士的手，弄点防裂膏给大家抹抹。军医说，早就发下去让战士们抹了，可是像炊事班里的人，抹了还得沾水干活，熏肉、腌鱼、泡咸菜的，抹了白抹。

确实，在这个海拔近五千米的地方，只要不停地干活、训练，那么手背开裂、指缝裂开、增厚变形的手指甲开裂、脸被冻裂、耳垂被冻开、脚被冻肿，形形色色的冻伤，应有尽有。弄完菜随后几天，炊事班班长带几个人开始剔骨剁肉、切萝卜条、撕泡菜叶、调制酱汁。有时作业时间会从上午十点一直持续到凌晨两三点。几个人的动作机械麻木，累得脸色发茄皮紫，嘴皮子粘在一起。

去年上山驻训时，炊事班班长有一次端着盆开水冲我喊："菜等不得，肉等不得，我真想一头栽在案板上，一死百了。"讲完这话几天后，轮到炊事班班长和连队另一名战士过集体生日。炊事班班长提前找到那名战士，商量说这回不做蛋糕也不炕馎馎、锅盔，整个新鲜玩意儿。生日那天，炊事班班长把那名战士带到营房外头，指着地上一块圆形的、用刮铲修得很利整还插了根香烟的小雪墩子说，小兄弟，生日快乐，这个雪做的蛋糕也能吃，上面的烟留给你抽。炊事班班长拎着剔鱼鳞的刮刀走过那名战士身边时还塞给他一个小纸包，里面是他从荒滩捡回来的玛瑙石子儿。战士在雪墩子前蹲下来仔细端详，过会儿拔走香烟，藏进冬帽。

就是靠炊事班班长带着手底下几个人这么愣干，从我们连队倒出去的潲水都成了好东西。

去年连着几个晚上，连队的狗狂吠不止，次日清晨，清理营区垃圾池的哨兵都能发现前日清扫规整的垃圾被翻得一塌糊涂。垃圾池旁的雪地里，留着各种动物的脚印。一天夜里，两个下了哨的战士听见垃圾池里有动静，走过去看，发现有三只狼正在翻垃圾，见有人过来，六只发亮的眼睛直勾勾地盯着手电光柱。一名哨兵不由自主地向后退了几步，另一名哨兵赶紧捡起一块石头猛力敲击手里的铁质自卫器材，发出尖锐声响。三只狼迅疾跃出垃圾池，遁入夜色。

驱狼一事后，连长强化了警卫等级，哨位多了防爆盾、防爆棍，两人同行成了硬性规定，出去蹲旱厕的官兵也必须带上自卫器材以防野兽突袭。

可在一个雪夜，巡夜的连长还是发现有一只大狼带着一只小狼，跑进厨房里翻到一条腌制的羊腿，叼起就跑。惊醒的炊事班班长说要牵几条狗去追，小狼跑得慢，如果追，或许还能赶上。连长一听，说算了，大冬天的，都挺不容易。

兴许因为连长这句话，随天气愈冷、食物愈少，跑来营地觅食的冻僵的小鹰、钻进铁丝网被剐伤的狐狸，都曾被连队的战士收治。炊事班班长因此常跟班里人讲要把饭做好，饭做得好，畜牲都认。

而今年主要负责熏制腊肉的是狗妈，他连续蹲在炊事班里搞

3

了五天的烟熏火燎，一百多公斤的腊肉出炉时，他的眼睛已经又红又肿。

一天，我们接到上级命令，要派一支供应保障队到西北方向的5410高地执行热食前送任务。原本应由连长带队，但前一天夜里，连长带人到一地平整场地，构筑伪装工事。忙活到深夜，连长突然抱着小腿一屁股坐在地上，两个战士赶快上前帮他解开裤脚。拉开裤腿一看，一根大约十五厘米长的紫红色血管像条蚯蚓一样钻到皮表。连长狠劲拍击冻伤抽搐的小腿，扯出一根鞋带牢牢扎紧靠近患处的地方，颤颤巍巍地起身，由两名战士架着，蹦着高地加快把活儿干完了才返回连队叫军医。于是热食前送的任务就给了三排长。

队伍集合时，狗妈也背着几十斤重的背囊，端着枪，站到队列里。我叫狗妈出列，说眼睛难受的话可以马上打报告，把任务交给其他人。狗妈大喊了一声，我保证完成任务！随后，我看着三排长和他们几个人抱着、提着有把手的、没有把手的各式各样的保温桶，狗妈和另一名战士抬着一只装有米饭的几十斤重的特制高压锅，出发了。

等我回到连部时，军医正在门口等我。

"导员儿，狗妈那几个出发了吗？"军医问道。

"刚走。"我说。

"你觉得狗妈最近怪不怪？"

"怪？哪儿怪？"

"前几天叫他熏腊肉，他干到每天早上五点，谁去叫他睡觉都叫不动。前天晚上来了一批药和雨衣，要卸车，本来没有叫他，他又跟着爬起来，三个人通宵把车卸完，入了库房。昨天晚上轮到他们班站哨，他一个人站了三班哨。导员儿，他这个干法不大正常啊。"

今年八月初，连队坐着大厢板上山时，一过海拔四千米的山口，山涧河道与沉积冰雪交相拦阻，行进至坑洼泥泞的搓板路上，坐在驾驶室里都感到剧烈的颠簸。突然车底一声巨响，车子猛地停下。驾驶员赶紧跳下车。山风从他拉开的驾驶室那扇门外冲进来，像是要把我从另一侧车门给推下去。驾驶员叫出来三个人开始更换轮胎。我绕到车辆后方，看看车里的战士。刚走过去，正好看到狗妈捧着个刚拉开的罐头，罐头里挤出来的肉被冻成了半凝固的胶状物。狗妈从兜里拿出一把铁勺插进罐头，见到我，立刻把罐头递出来给我，说，导员儿，您尝尝？我们刚吃一罐了。我接过罐头，看到大块随肉带出来的油脂裹住了勺柄。

这玩意儿不难吃吗？在车上颠着还吃这玩意儿你不难受？我问他。

不难受，像冰激凌。狗妈回答。

能吃冰肉罐头的人，我想，很难有他吃不了的苦。

晚上熄灯前，供应保障分队的人回来了。狗妈被俩人扶着，搀进了医务室。狗妈嘴唇受伤豁了个小口，右手肘摔破了。

据带队的三排长说，狗妈嘴唇的伤是快到连队门口时，直挺挺朝前扑倒在地时摔的。

食堂里，炊事班班长从后厨端出留好的热饭热菜。其他人狼吞虎咽时，刚从医务室简单处理了伤口的狗妈颤颤巍巍地歪着嘴端起碗。他嘴上的伤口在下唇内侧，没法正常咀嚼进食，只能喝稀汤，还得仰头用小汤勺倒进嘴里。炊事班班长在一旁看了半天，叹着气回后厨给他调了一碗不烫嘴的苞米糊糊。

三排长说，出发热食前送的路上，他们走了近九公里的路程后，缺水、干燥让人的喉咙像被钢丝球刷过一样刺疼。狗妈和另一个战士先是抬着高压锅，之后上山爬坡就开始又扛又抬。走不了几步就面红耳赤、两腿发抖，额头上冒出的汗水流到眉毛处结了冰。三排长原本让另外两个战士去替狗妈他们，但那两个战士刚抬着高压锅走了没几分钟就迈不开腿了。狗妈立刻上去换下一名战士，就在接过高压锅把手的一刻，狗妈身体向左一倾，脚一滑踩进了沟里，被高压锅的重力瞬间压倒在地。可还没等身边人上前扶起，狗妈就像根被压倒的弹簧一样竖了起来，迅速爬起时又抬起了锅，并对另一侧的人说，抓紧啊，前面的兄弟还等着。三排长过去伸手要抢狗妈手里的高压锅，狗妈非但没有领情，还脱掉棉手套甩在地上，冲着三排长吼叫，你是不是看不起我？

等他们将给养送上5410高地，不少人都看见了狗妈的手。他的手冻得发紫，手掌上的皮都粘在了高压锅上。

返回途中，三排长带着队伍抄近路，翻过海拔最高处五千三百七十六米的山口就能节省一个多小时。但山口路险，一米多高的雪墙从路沿一侧绵延而上，雪墙外是深渊。出发没多久，慢慢下起了小雪，一行人进入山口后，小雪变成暴雪，能见度降至三米以下，道路冰滑，不到两公里的山路一行人走了半个多钟头。

好不容易到了山谷洼地，就在山中一处一侧通往我们连队、一侧通往河谷地的岔口，三排长一行人遇上了驾驶平地机在执行道路平整任务的工兵团的弟兄。见到三排长他们，工兵团的副连长立即跑上前，说他们出来时人手是够的，可刚才在附近作业的有线班的班长又叫走了两人去帮忙挖埋线沟，目前急需有人帮忙。三排长立刻把人叫到近前，让工兵团的副连长讲具体。副连长说，因为要平整的道路已经跑不动车，必须到别处取土进行平整，他们刚才四处查看，发现离道路最近的一处山坡就可以取土，但山坡上有一道手腕粗的光缆经过，得有两人举着才行。

三排长问了一句，谁跟我去？没人应声，但狗妈已经向前站了一步。三排长还没爬上取土的山坡，狗妈就已经上前双手举起光缆，示意副连长可以取土作业了。

狗妈和排长在漫天大雪中坚持了半个多钟头才放下光缆。再往连队走的路上，有人要去扶狗妈，都被他甩开了。于是眼瞅还差几步到连队，狗妈就地趴倒。

夜里，军医给狗妈输上了营养液。我去医务室看他时，军医下班排送药，屋里只有狗妈和炊事班班长。

狗妈蜷在椅子上，佝偻着背，抬起硕大的双眼望着我。

"打上多久了？"我问炊事班班长。

"一把牌吧。"炊事班班长说。

"想上厕所吗？"我问狗妈。

"有一点想。"狗妈说。

"那走吧。"炊事班班长说着给狗妈披上大衣，拎起输液瓶，扶着他往屋外走。

外面有些地方的积雪没过了脚踝。从旱厕回来时，炊事班班长在门口猛跺了跺脚，我看见他举着输液瓶的手又紫又青，烂冻疮疙里疙瘩。

"你弄盆温水泡泡手吧。"我说。

"咋了？我这手就是颜色难看一点，好用得很。"炊事班班长说。

"班长，我自己放瓶子。"狗妈嗫嚅地说。

"你快闭嘴吧，一会儿又豁开了。"炊事班班长说着往我跟前踢了一张塑料凳子。

"狗妈，最近遇上啥事情了？"我拉过凳子坐下，"你讲话不方便可以写下来，觉得安排给你的工作太多，任务太重太辛苦，也可以告诉我。"

狗妈看看我猛地摇摇头，又留心看了眼他班长。

"他知道啥叫'辛苦'？"炊事班班长俯下身子扭头看着狗妈说，"比我还扛造，多稀奇。"

狗妈抿着嘴眯缝起眼睛，低头时像笑了笑。

过会儿狗妈扭过头看了一眼快吊完的输液瓶。炊事班班长起身披上大衣正往屋外走时，军医回来了。

军医一手提着药箱，一手拽着自己的袖口，袖子上兜着他要给我们看的东西。

"快看，今天的雪花有股香气。"军医亢奋地说，"快，你们谁有绿茶？"

炊事班班长从后厨拎出来一只铝皮的烧水壶。军医脱掉手套，拿酒精搓过手，半跪着往搁在门口台阶上的烧水壶里塞入落下不久的新雪。等壶里塞得满满当当，军医吹着口哨，提溜着水壶，往炊事班后厨的方向晃悠而去。

"这是个仙人。"炊事班班长靠近了我，冲着军医的背影说，

"前天早上开完饭，他跑到前面沟里没人的地方转了一圈，回来跟我说，探山如访友，这回遇见了三位两百万岁的老哥。"

"蒙你呢。"我说，"他又去捡玉了。"

"我存的小玛瑙籽儿都是他带我捡的，这人不自私，不耍奸，还可以。"

"你老喝他的茶，当然说他好。"

"你喝过他的普洱茶没有？"炊事班班长说，"那个味道我一直说觉得熟悉，但怎么也想不起来。刚才在屋里和你们一起说话的时候我总算想起来了，是苦杏仁，咱兵团农场那个杏园里的苦杏仁。"

"你还记得那个味道吗？"他问道。

"当然记得。"我不假思索地问答。

他说的杏园，包括杏子、杏仁的味道，我当然都还记得。我十岁之前的童年就是在杏园里，和酸杏子、甜杏子、红杏子、黄杏子、毛杏子、光杏子做伴长大的。在这记忆里，那时候的炊事班班长还是北疆和静县兵团农场三连的外地农民的子弟，因为他和父亲擅长从灌溉渠里捞鱼，大伙儿都跟着一对四川来的兄妹叫他"鱼伯伯"，后来就叫"鱼伯"。

当时鱼伯把杏园里的大树、小树都爬了，还在很多棵杏树上做了记号——这棵是毛杏子、那棵是光杏子，这棵树上苦杏仁多、那棵树上甜杏仁多。可无论怎么挑，吃到嘴里时还得凭运气。有时候谁砸到一颗甜杏仁，嘴巴不停地嚼着给我们说，这个杏仁好甜。有时候谁砸到一颗苦杏仁，一口咬开苦得不行，啪地一口就吐了。

"你在杏园里面……"我对他，就是此时已是炊事班班长的鱼伯说，"你总是后知后觉，你总是吃到那种开始以为是不怎么甜，实际上嚼两口才发现很苦的杏仁。有一次你嚼了半天才吐出来，我们一看，那个杏仁早都已经被嚼碎了。觉得你怎么那么可笑啊，吃那么久才吃出来。"

"你还指挥我上树，记得吗？搞得我摔了腿。"他说。

"是你非要爬到树尖尖上去摘熟杏子。"我说。

"我没有和连队的人说过老早就认识你。"他突然说道，"我不喜欢给别人添麻烦。"

"知道。"我点头，"你比狗妈还能吃苦。"

"有什么办法。"他低声说，"我爹活着的时候好几回讲起，要不是我和我妹还小，他早就不想活了。"

"有时候在食堂看你做了鱼，还会想到你父亲。"我说，"我父母也记得他。每回渠里放水浇麦地，你们都去渠里等着浇完了关水上闸，然后捡鱼。我妈有一次路过你们家，看到你们家门口胡杨木的卡盆里全是鱼，黑的、黄的，感觉都挤得不行了。你爸见到我妈就赶紧喊住她，拿一个洗干净的小尿素袋子，装了满满一兜子给她。她晚上就把鱼洗了，裹上面粉炸了给我们吃，那个味道香死人，我现在还记得。"

"那时候你妈妈还没当英语老师，在家门前养了好多花，太漂亮了。"炊事班班长说着，放松地活动了两下肩膀，"我知道那些花都是要拿去巴扎上卖的，但我每回路过就走不动路了，站在那儿看，她就拔几棵让我带回家去，还告诉我怎么栽花就能活。还有第一次去你们家拜年，真给我惊讶坏了，你妈妈炸了那么高——高——的几摞馓子摆在茶几的水晶盘子里，还有小油饼子、奶皮、酥油好多好吃的。你妈妈包的头巾亮晶晶的，连衣裙艳艳的。后来回去的路上我还问我妈，为啥咱不是回族？"

"还有一个事一直想跟你说。"他笑着，很快地说道，"虽然炊事班卸菜、分菜的时候活儿不要太多，我不要太累，但是，这里……"他指指胸口的位置，"这个地方太满足了。看着成卡车的菜和肉运到我面前，码好了放在菜窖里，我感觉自己就是昆仑山的神仙，站在菜架子跟前香烟一点，法力无边。"

军医煮好了茶水，把我们叫进屋里。拔了针的狗妈正抱着军医的kindle埋头看。

"行了，明天再接着打，你先回屋吧。"军医抽走了狗妈手里的kindle，打发他回班排宿舍。

狗妈看了一眼正在支起的茶桌，嗅了嗅，慢腾腾地起身。

"是老家的生茶。"军医拿指头关节剋了一下狗妈的额头，"但是你不能喝，喝茶兴奋，你不要兴奋了，你要睡觉。"

狗妈顺从地点头，走出医务室。

我和炊事班班长坐在凳子上，等着军医烫洗了两个搪瓷茶缸摆在我们面前。

"不喝绿茶？"炊事班班长问道。

"不知道哪个鬼偷喝了，只剩了普洱。"军医嘟哝，"我就不应该告诉这些鬼，烧不开的水，八十几度泡绿茶最好。"

"这小孩为啥叫狗妈？"我问炊事班班长。

"狗妈狗妈……"炊事班班长狐疑地看看我，又看看军医，"为啥来着？他喜欢养狗，还找你给他的狗看过病吧？"

"他之前养的，兵站送给他那条小白狗，上山以后得的是白内障啊，又不是普通的雪盲症。我跟他讲了他不信，后面军总医疗队上来，他又抱过去找带队的主任看。我就去找他，我说小老乡，你这是侮辱我的专业啊，难道我的二等功是白立的吗？我说看不好，就是看不好。当时他还委屈，气得我……后面他找了锹、镐、雨布和盾牌，非要我帮他给那只狗在前哨点上搭了个窝。你们不知道我那个运气，我在冻土上下的第一锹，一锹砸下去只看见一个白点子，给我右手的虎口都震裂了。"

"他还听得懂狗说话，他们说是真的。"炊事班班长说。

"是我教他的！"军医愤愤地说，"他去扫垃圾池的时候被狗围在中间喊叫，我就告诉他，哎，狗在骂你呢。"

"你咋知道狗在骂他？"炊事班班长问军医。

"有狗朝你乱喊乱叫，你就掏出手机录个音再放给它听，它要是马上跑了肯定是脏话。当时我就教了他这个，往后，狗语十级。"军医说着打了个排凉气的嗝。

"稀奇，军犬还骂人？"炊事班班长慨叹。

"怎？知识分子不打架？"军医反问。

我端起茶缸闻了闻，军医赶忙打开一块绵纸里包着的剩茶叶给我看。

"特级生普。"军医说。

"你尝尝，是苦杏仁吧？"炊事班班长盯着我说。

我噏了口热气冲他点头："好像是。"

"今晚上的雪水熬这个茶，出味儿。"军医笑滋滋地捧着茶缸耐心呷摸。

"狗妈身体没别的啥事吧？"炊事班班长问军医。

"没事。"军医说，"二十出头的小伙子能有啥大毛病，作都作不死。"

"是啊，是啊……"炊事班班长在杯沿儿上来回吸溜，过会儿双手捧着杯子放到双膝上，猛吸了一下被热气贯通的鼻腔。

"狗妈和我说，他继父一直不同意他当兵，天天盼他回家。"炊事班班长说，"他讲在老家总有人背后骂他继父，说眼里容不下人，把他撵到部队了。其实好冤枉，最不想他当兵的就是他继父。这次去给邻居安太阳能也是想巴结人家，给狗妈找点门路，让他趁早回家。"

"为啥不让孩子当兵？"军医问。

"七九年的时候他继父在南边上过战场，两条腿都被打残了。"炊事班班长说，"他继父看狗妈，还跟过去战场上的老兵看新兵一样，不想看他受罪嘛。"

炊事班班长讲，当年狗妈的继父受伤，医务兵给他包扎完伤口后他就在草窝子里睡着了。这时他们营突然接到急令要赶赴另一个高地，走时太匆忙，狗妈继父睡着的地方草又长得太深太高，没被人注意到。等狗妈的继父醒来一看，队伍走了就剩他一人，手无寸铁，两腿骨折。实在想不到办法也站不起来，狗妈的继父就双手撑地，嚼着草根，一点点地往前爬。爬到一条水沟前，他判断部队肯定是朝南前进，就顺着水流又往山沟里爬。爬了三天才被团里出来清剿的人发现，送回指挥部抢救。腿上的伤口早就烂了，蛆在伤口里团成个球。刚缓过气来，狗妈的继父就掰着腿骂蛆，说老子还活着你们就着急吃。

"想想，狗妈他老子受过那么严重的腿伤，老了腿上更没力气，爬到房顶上能站得稳？"炊事班班长说完朝腿上用力拍打了两下。

军医给每人杯子里添上热水。再饮时，我已感到后脑勺和脚心发汗。

自打每年上山驻训，就没再有过夏天暴汗的概念。此刻看到炊事班班长、鱼伯，才想起小时候干农活时候的那种热。

夏天地里最苦最累的活儿就是打农药。每天中午太阳最大，没有露水和雾气稀释药剂的时候，各家的男劳力就背着四十公斤的、按比例兑了药和水的喷雾器下田，人工打药。大片大片的棉花田要反复打好几遍药，有的男劳力忙不过来或身体有病的，就得老婆孩子一起到地里帮忙。

那种晒得人晕头晕脑的热，有时会从夏天一直延续到初秋和秋收时的晌午。

鱼伯的父亲不是当地头一个死在秋收的农民。早年还有一个从江苏来收棉花的工人，女的，有天实在渴得不行，从棉花地里跑出来，看到旱厕墙根底下放着一桶矿泉水，抱起来拧开盖就往下灌。旁边有人看到了跑过来抢夺，她才知道喝下去的是玻璃水。鱼伯的父亲也和这个人一样，在棉花地里突然感到燥热难忍，就跑到田边的河道里下水凉快凉快，不知怎么再没爬出来。为了帮鱼伯和他体弱多病的母亲，老师们在周末时把我们带去地里给鱼伯家摘棉花，把秋收抢完。

等到十一月底，我上学路过棉花地时还见到过鱼伯。那时有人包了地，收得差不多时就不再雇人收尾，觉得劳动力比剩下的棉花贵，不合算。鱼伯就去那些地里捡别人不要了的棉花，捡五公斤就能卖五公斤的钱。可冬天的早晨会打霜、起雾，鱼伯赶在上课前去弄棉花，又怕手套被棉花上的霜打湿，就摘下手套摘，没几天手上就起了冻疮。

我不知道鱼伯家的这件事对我们家有什么影响，我能记得的就是鱼伯的父亲落葬之后，母亲开始准备自学考试，要拿英语教师资格证。中午，我父亲拿上白开水、干馍馍，去跟着人家削甜菜、挖甘草，留母亲在家背书、写笔记。等我上初二时，团场走了一批老师去县城的重点中学教书，那时我母亲正好拿到资格证，就顶上了缺编。团场有三种身份的人：干部、教师和农民，托母亲的福，我们一家人都住进了知青在团场住过的小平房。

准备升初三时，为了突击升学率，校长把我们分成两个班，学习班和平行班。假期时，学习班的孩子每人交五十块钱，就在农场的幼儿园里开始十五天的补习。鱼伯当时分在了平行班，但他听从校长安排，每天一早就来幼儿园的平房里生炉子。鱼伯起初并不太有架炉子的经验，总是弄得一屋子烟熏火燎，后来有经验了，火又被他烧得太旺，结果就是坐在炉子旁边的学生热得出汗，坐在屋子角落的学生冻得发抖。有时候我看到烧完炉子的鱼伯蹲在小小的桌椅板凳后边，缩手缩脚，就觉得好笑。有一天，化学老师来给我们补课，我们在屋外雪仗打得正酣。开课许久，有孩子看到化学老师就站在窗边，才赶忙把我们喊回屋里。化学老师那时说了句话："你们往后印象最深的，和初中同学一起打雪仗的记忆也就这一回了。"

初三正式开学后的一天，鱼伯突然在平行班里带着一帮同学闹意见、罢课，说化学老师只给学习班上课，是看不起平行班的学生。为了让他们赶紧罢休，不要吵到在隔壁上课的学习班，校长那天临时安排化学老师到平行班加一节课。化学老师讲课从来不用课本，那天他也空着手就去了班上。在课上，化学老师说，同学们翻开第三十二页。当大家低下头翻书找第三十二页时，只听到哐当一声，再抬头看，化学老师已经倒在地上。当时我们班上的孩子以为化学老师只是晕倒了，下午上完课才听别的老师说化学老师已经去世了。那时我们才知道，化学老师有遗传的心脏病，为了带我们考学，一直拖着没去市里做手术。当初县城的重点中学也来请过他，他表示自己是当年知青教育出来的第一批兵团子弟，不能说走就走。

化学老师被葬在兵团一处叫王木槽子的墓地，离鱼伯的父亲不远。化学老师出殡时，同行送别的同学告诉我，鱼伯和母亲搬到兵团另一个连队了。

我有些话还没有和鱼伯说。他惦记的杏园在两片啤酒花地之间，杏树愈生长，愈影响啤酒花的产量。鱼伯和母亲搬离农场后不久，杏园里的杏树就都给挖掉了。

但杏园仍常常被我梦见。梦中，当我看见树上有了像大拇指甲盖大小的青杏子，就赶紧钻进杏园。刚摘下来的杏子在我手中胀大了从青色变为橘黄，叫我狂喜不已，可还来不及咬一口，就从啤酒花丛里传出愠怒的喊声。我慌忙跳进啤酒花丛开始玩命地采摘。啤酒花藤上长满倒刺一样的毛钩子，被我不小心地挂在身上、脸上、腿上、胳膊上，留下一道道红印。

疼痛从梦里一直带到清醒。当我白天把梦说给母亲听时，她说："Happiness follows labour."高一那年的九月份，我们每天下午放学后跟着大人去收啤酒花的时候，我想鱼伯一定也在某地干活，被不是啤酒花的别的什么东西扎得刺痛。

鱼伯曾告诉我，军医去年夏天被直升机紧急送至山下县城，是为对峙时牺牲的一名营长入殓。当军医解开营长的衣物，他和身边的人都震惊得说不出话来。那名营长双眼怒瞪，牙关紧咬，双手攥拳，浑身肌肉死死绷住，完好保持着临终前冲锋的姿态。只有头部被利器砸开的一道伤口和满腿瘀青，提示众人这名营长已不在世。

喝玻璃水的女人、鱼伯的父亲，还有从装了秋收的农作物的车子上被颠下来、又被歪倒的车子砸中身故的我那从青海迁来北疆的外公，他们也倒在了近似冲锋的时刻。很难说是不是因为对"冲锋"和其后随时失却生命的熟悉感，才让我和鱼伯重逢于这片被军医称作"地球脑袋顶上突兀的隆起、最孤独的犄角"之地。

我、连长和军医一直警惕地观察连队里的每一名战士，唯恐他们会因为吃不了苦而做出自我戕害的举动。但在鱼伯，如今的炊事班班长看来，什么都有吃完的一天，只有苦头吃不完。我们之所以出现在此地，正是血液里带来的世代对苦味的眷念。

可当我也有了孩子，或成为某个孩子的继父，难道能够向其绘声绘色、头头是道地描述的，就只有这苦味吗？

由不得我多想，替连长进行全天讲评的时间到了。我和炊事班班长走出屋子时，军医还在忘情地啜饮杯中余下的苦杏仁汤。

凌晨两点时分。我带两名哨兵绕营区巡夜回到连队，看见炊事班班长正在炊事班的帐篷跟前来回踱步。

"在干吗？"我喊住他。

他像从梦中被人叫醒，抻长了在大衣里缩着的脖子。

"不干吗，晃一晃。"他信步走过来时说道。

"几点了还在乱晃？"我说，"口令！"

他看着我笑起来。

"杏园！"他回答道。

炊事班班长告诉我，方才凌晨一点，他下了哨回到班里。刚钻进睡袋，邻旁伸过来一只手将他一把抓住，吓得他一个激灵。定睛一看，发现是睡在他身旁的狗妈，此时张着嘴，嘶哑断续地朝他说："渴……班长，我想喝水……"他赶紧爬出睡袋，在帐篷里挨个儿找战士们的水壶，晃了晃发现都没水，就出来到军医屋里倒了点茶水底子回来喂给狗妈。狗妈喝了水，又继续睡了。他进进出出时呛了几口寒风，激得肚子叽里咕噜，索性在帐篷外边晃晃，等肚子不响了再回帐篷。

"你记得小时候去河坝里滑冰不？"炊事班班长说，"刮北风跟下刀子一样，可咱那一帮子人里面没哪个生病的。"

"不知道现在河坝里还能不能捡到野鸭蛋了。"我说，"那会儿捡了的都拿回家让大人卖了，好像我们就尝过一个，是你烤的吗？味道都忘了。"

"是我最早从苇子里捡到蛋的，可我一口都没吃过。"炊事班班长说，"想滑冰吗？"

"滑冰？"我问道，"这会儿？"

炊事班班长看着我点点头，"就在外边的旱厕后头不远，一块不大的地方，应该是地下渗出来的一些水给冻上了。但是那块冰和咱小时候在小河坝里滑的地方很像，白天你去看，冰面毛毛的，不平，可对着太阳看，它里面也有蓝色的、白色的和银色的冰花。"

"那怎么滑得起来呢？"我低头看了看鞋，"小孩的脚多大，我这脚多大，滑不动就走几步没意思。"

"也能擦着滑出去十几步。"炊事班班长很快地补充道，"我和军医去旱厕，有时候就滑一会儿，我俩老犯痔疮和前列腺，最近刚消停。"

"没办法，忙起来就记得吃记不得拉。"他又说。

"去看看吧。"我说道，"能滑几步也行。"

走近那块冰面时，一束从山体侧面探来的月光正落于其上。让那块冰面形状看起来像山体裸露的心脏，近乎人性。

而冰面的颜色让我想起自有记忆以来，生命里最为快乐的一天。那是初一下学期一个星期五的早晨，班里一个住在小河坝旁边的同学一大早赶到班上告诉我们，小河坝的水已经冻上了，可以滑冰了。那天下午放学后，我们一路小跑连着快跑，你追我赶地冲到小河坝，看到闸口附近的冰面平滑如镜，其他地方的冰面不平、发毛，断裂处挤满了蓝色和白色的冰花。

当时我穿着母亲做的千层底布鞋，滑了几个小时就感觉鞋底被渗进来的水泡透了。当鱼伯听我叫着说鞋子漏水，就从附近的芦苇滩里捡出来一块秋收时落在里面的废塑料薄膜，帮着我赶紧把脚包上。包上脚后，我站起来时还费了点力，但走动了两步，就发现鞋子包上塑料薄膜衣后明显滑得更远。这时我赶紧让鱼伯在身后推我，鱼伯起初小小地使力，过会儿他先从我身后助跑滑行，随后伸长胳膊，用带着速度的惯力推我，于是我就能一直向前，滑出不敢相信的一段距离。

也是在那个下午，一个掉进了被敲开给牛羊饮水的冰窟窿的女孩被我和鱼伯发现。我拽着她的发辫，鱼伯拖搂着她的腰，将她拉上冰面，随后她跟着我们走到鱼伯家，烤干鞋和裤、袜，免去了从父母那里讨一顿打。最近，我们开始了自初中毕业后就再没有过的频繁联系。她会将自己曾被前夫踹倒在地、用脚踩住胸口的事说给我听，也会发来自己与八岁孩子的合影。我在深夜醒来时会第一时间想到她，觉得有些事很操蛋，好像我们在此累死累活就是为了让有的人腾出精力来揍女人。

我知道，如果决定要做她和孩子的依靠，这身皮暂时就脱不下来了，还得接着干才养得起家。没有什么事是容易的，有人这里多一点，就在那里少一点。我倒不害怕少一点什么，毕竟我和鱼伯早都习惯了。等到真脱下这身皮的一天，自己经过的这点阅历就都讲给孩子，爱不爱听，都得听。念及这些，精神上异常增厚的角质被锉软了些许。上一回有这种感觉还是见到狗妈这批新兵之时。每年接到的新兵里，总有一两张面孔让你蓦地一振，令你不想让他们重复经历那些，令你在他想率先冲出阵地的时候忍不住将其拽住。

此刻，鱼伯吹起口哨，一步一颠地走在我前头。我很想叫住鱼伯好好聊聊，问他怎么做才能成为一位好父亲，就像狗妈继父那样好的父亲。我还想到，当我也有了孩子或成为某个孩子的继父，我会向孩子绘声绘色描述的，除了苦头，也许还有我每次站上野地里某块冰面时的欣喜若狂。那种欣喜就是你随时会从冰面最脆弱的地方掉下去，但真正冲起来的时候一定无所顾忌。

垄堆与长夜

接到一周后去塔县一〇一团报到的命令时，我的脸都木了。估计一〇一团的人听说上头分下来一个小年轻，还是耍笔杆子的，表情也很难看。

刚到塔县那些天，想起在学校念书的日子。独来独往，背后站着三两抱团的人，那种滋味不好受。我打算趁早在这儿交几个共事的朋友，挤到他们中间去。

在组织和保障关系到位之前，他们给我三周时间自由活动。开头那几天，我每个下午都去塔县的集贸市场转悠。市场里房顶破裂、墙体灰暗。支起的草棚里堆积着陈灰和破草筐。烈日下，尘柱碾过打蔫的水果、变色的生肉，停在装小饼干的纸箱里。太阳从棚顶的破洞投下不规则的昏黄光晕。河南人、山东人、四川人、陕西人、甘肃人在涂着红漆的铁门内外搬弄商品，闲时三四个人凑一起，牌打得不热闹，话也难聊。有时坐着坐着就一言不发，互不瞟看，像是熬了几夜。维吾尔族的卖肉店家在门口盘腿而坐，仰头倚着墙。

塔吉克妇女头顶花帽和白色纱巾，坐在杂货摊前一长溜儿皮带后面。小孩在水果摊前磨蹭，盯着塑料泡沫上几个黄黑的皱皮杜果、长黑斑的香蕉。时常大风侵入，街道上明暗光影迅疾移走变幻，塔吉克商铺棚顶的花色床单翻飞。不远处的山脊游入云幢深处，雨雪降下。众人就近进屋躲避，在阴暗房间里坐着，用唾沫濡湿嘴唇。

新群大肉店的老板常带我去塔什库尔路入口的水产副食店，打过几把牌。只是我很快意识到使错了劲，市场不是我的工作环境，跟他们熟到把老公让给我睡也没用。于是我扔下牌，从市场辗转到了活动中心对面一家彩票站。彩票站门口支着伞，摆着四套桌椅，点一杯茶两块钱。不过喝茶的少，大都自己兜里揣着酒，蜷腿坐在地上。除了戴小帽的本地人，还有团里的、机关里的爱来这儿打个转。酒喝到热，大家说一说哪个连长又查出来心室肥大啦、财务副科长的小孩生下来脑积水啦……人们扎在一起，彼此剽窃消遣习惯以及秃顶、心律不齐等常见的毛病。有时候，会有初来乍到的冒失鬼，把这些毛病和帕米尔的水土扯到一起。待长了，又觉得之前想得有点浅。这种地方，命运就是喜欢胡搞。扯到一定时候，大家只动嘴，不出声。塔吉克酒徒循味在小桌旁或站或坐，没有表情，眼神像车轮毂盖上的白炽反光。谁兜里有烟，掏出来散一圈。大家换过瓶子接着喝。在塔县任一处，每当大家举杯互看，就知道一条牛身上剥不下两张皮。太阳晒裂众人沉闷且便宜的忧思，重新排列成鳞叶点地梅的花形。

我去犇磊鑫超市买了香干、瓜子、软面包，撕开包装，摆在桌上，有时候捎两瓶"小高原"过去。有一天，一个叫卡尔旺的老头摸了把瓜子，在咬开酒瓶盖的时候，冲我笑了。

卡尔旺有一张红灰色的瘦长脸，遍布细缝裂纹。嘴唇乌紫，嘴角的脓疮像个弹眼。睫毛浓黑纤长，烈日下投出的影子拉至嘴角。毡帽和一身晒得发黄的旧式迷彩像长在身上。不到六十岁就被劣质烟拔光半数牙齿，挨过两三年消化不良的日子后，胃溃疡肝硬化心脏七根血管堵死三症齐下。他经常吃了晚饭，拎上两块钱的半斤装"草原王子"，跑到红其拉甫路上的移动营业厅门口等着。冬夜里，常被巡逻武警从雪里扒出来拖上车，之后掀进便一户能敲开门的亲戚家。车里，他攀住人家大腿，伸出冻肿的猩红指头拨弄对方胡须："你这个同志嘛，怪——得很。"

　　卡尔旺老头每天都在，两只手抱着"小高原"，半闭着眼倒在椅子上，我问他头疼不疼。卡尔旺睁开蓝色的眼睛，瘦骨嶙峋的脏手抹了把嘴唇。说他的头也疼得很，尤其是爬到山上去找羊的时候。但是呢，他爸爸和他爸爸的爸爸都在这里出生，在自己的家，头疼也不好意思说。

　　卡尔旺的孙女现在县寄宿小学念四年级，我刚到塔县那会儿，看见她在艺术活动中心门口的水渠边坐着晃荡双腿。我走过去时，她盯着我，和身边的小男孩窃窃私语，挤眉弄眼。

　　你笑什么？我问她。

　　她不吭声。

　　吃糖吗？我掏出糖盒。

　　他们几个相互看看，捂着嘴笑。我把糖盒抛过去，她伸手接住。

　　你不去上班吗？她问我。

　　不上。

　　为什么？

因为我是领导。我回答。

她腾一下站起来，小快步跑到我面前，叭地打了一个队礼。面容严肃紧张，飞快地说，领导姐姐好！您为什么不早说您是领导呢？

在四月县文化艺术活动中心举办的"'友谊之旅'塔县赴塔吉克斯坦综合文化交流汇报演出"上，卡尔旺罩着一件道班工人的马甲进了后台。节目结束时跟着演员一起上了台，扛起话筒架，边转圈圈边向台下挥手。底下那些坐在过道、墙边暖气盖子上的小青年们狂喊、拍巴掌、打呼哨。

演出开始前，卡尔旺的孙女挥着几枝玫红色塑料花跑去找我。他们不让小孩子进去，要有大人带，她嚷着，我爷爷没有票！

我牵着她跨上活动中心的台阶，往大厅走，孙女在门口被特警拦下。她是我姐姐。她仰着头对那人说。

你是哪里人？那人问她。

河南人！她尖叫起来。

县文工团团长的女儿唱完《友谊》，她跑上去献花。下来以后，借过我的耳朵说，我以后也要当领导。

当领导有什么好的？我说。好的呢，有好多男朋友，还有好多女朋友。她说。有段日子，只要碰上我，她就跑过来坐我的腿上，告诉我谁谁去了新一期湖南卫视的综艺节目《天天向上》。

卡尔旺和他的孙女对"领导"有很高的期望。卡尔旺曾向我开口，希望帮他们家办一件事，我就直接说了我办不成。我自己的事都搞成这样。我不再常去彩票站，在那之后，交朋友变得难于一年级学生写"犇磊鑫"。

我在外头转悠的时候，团里也在打听我。除我以外，全团唯一的女人，卫生队的女医生、女护士潘姐，请我去她的诊室吃香蕉。

她坐在那里，发愁的表情。小余，团长愁死了，安排你干哈呢？女的在这儿，干啥都不好使。也不好意思带你出去吃饭，这帮老鬼说话粗得很，你往那儿一站，他们都张不开嘴了。说完她笑起来。

你有对象了吗？她问我。

我摇头。

你是不是雷政委的女儿？

我抬脸看着她，摇头。

潘姐的脊柱松弛下来，伸出手来揉搓我的肩膀，说，不是还好一点，打算待多久调走？

我摇头，告诉她我不知道。

她的手绕到我后脑勺，拉出衣领里的辫子。你染的什么颜色？她问。

没染过。我说。

这颜色选得好，潘姐说，接近发色，不招摇。

第二天中午，我蹲在艺术活动中心门口晒太阳，团里的司机小姚过来了。他先递了根烟给我，我说不会，他就自个儿点上抽起来。我问他中午和谁攒的局，他说一会儿要去喀什，一会儿先去"四阿婆"吃火锅，吃完去拿刘志金的骨灰。我这才知道刘志金挂了。

刘志金从团里转业后回了四川老家，查出心脏有问题。做搭桥手术花光了新房首付，老婆就改嫁了。做完手术正恢复的时候，老母又殁了。今年四月他回到帕米尔，说自己满打满算不到三年阳寿。刘志金常在新华书店对面商店门口的台阶上坐着吸阳气，有时候和卡尔旺他们在彩票站门口喝酒。笑哈哈地问人家，嗨呀！听说汉族男的娶塔吉克族姑娘，国家给五万块钱补助，是真的吗？

这边不少人都有那种偏好——私下里比较谁活得更惨。刘志金呢，通常为大家的这种偏好服务。他们还不知道他做了什么，就说他做错了。

老刘，看看你，就感觉自己的日子算可以了。刘志金你太尿了哎……离婚之前睡过你老婆没有？刘志金就点着头冲人家乐。还好还好，谢谢谢谢。

我和卡尔旺熟的那阵子，和刘志金也说过话，他问我怎么来的塔县、老家在哪儿、学的什么专业……我都和他说了。有一个瞬间，他眼睛发红，说我不容易，一个人做什么都难。

有一天，我捂着肚子蹲在超市门口，他过来问我怎么了。其实我就是蹲着，没任何事。

我胃疼。我说。

老毛病吗？他问。

不是，来了才疼的。

哦，我有办法，吃臭豆腐。

哪种臭豆腐？什么牌子的？

不是那种臭豆腐，他很得意，是把豆腐放臭再吃，吃了就不疼了。

刘志金加了我的微信，除了转发养生帖，还专门发些诸如《这八十句话，教你如何经营一份幸福的爱情（不收藏是你的损失）》《你不懂我的沉默，又怎懂我的难过》这样的文章给我。

有两天，我在超市门口没见着刘志金。两天之后，他又敞着个夹克，遛着马路牙子过来了。那几天，不知谁家的小子买了一辆崭新的枣红色北京二蛋，成天在县城兜圈子，经过人多的地方就踩油门。刘志金挨着我坐下，指着面前的马路说，再等一等，很快就开过来了，我数着这是第十二圈了。

有一回他打电话来，问我张家界好还是凤凰好。张家界我没去过，就夸了一通凤凰，说完我问他还有事没，他说没事。那我挂了。我说。他赶快叫住我，小小的声音说，别说挂了，那样说不好。

小姚说，前几天，参谋接到他儿子学校老师的电话，说要开家长会。参谋媳妇正巧在阿联酋开会，参谋愁得很，刘志金就提出来要替参谋去给他儿子开会，开会那天，他一早动身下了喀什。

刘志金满学校找不到参谋的儿子，打电话给参谋，参谋叫他去附近网吧找找看。八月的喀什酷热难耐，他满头大汗，四处找网吧，在香烟缭绕、叫骂不绝的屋子里穿梭。举着手机里的照片，对照显示器前明暗交替模糊的脸孔，向被他搡着的人说不好意思。

家长会在下午六点开始，刘志金还是没找到参谋的儿子。走进教室时，他汗水淋漓，口干舌燥。讲台像漂在河上打旋，地面瓷砖则像车窗外的安居房联排闪过，他只好闭上眼睛。人们在走一段长路之前，都要平心静气地坐一小会儿，盘算下辈子一定得找准矿脉再打眼。混在一群打瞌睡的家长里，他死得没有一点动静。

刘志金过去的班长，托了喀什两个战友去把他火化了。盒子这会儿搁在喀什第二客运站的行李寄存处，等着小姚去取。

这厥没了，觉得缺个意思，妈妈的。小姚站起来，拍打了两下屁股上并不存在的土。

那天晚上，作训股的股长给我打电话，说红其拉甫连指导员的父亲来看儿子，明天就回老家了，他组了个饭局给他饯行，请我也过去。

股长在兴旺酒店订了一桌，全桌有我、股长、宣传股小冯、小姚、刚退役的驾驶员刘鹏、县委的小王，还有刚从红其拉甫连队下来的指导员的父亲。老人从山东泰安来的，刚上了趟山去看儿子。

股长安排指导员的父亲和我挨着坐，老人谦恭而安静。我每回给他倒水，他都欠身道谢。桌上摆着牛肚焖锅、爆炒羊肝、皮芽子炒鸡蛋、毛血旺、夹沙肉、干锅土豆、丁丁炒面，还有两瓶白酒。

股长指着刘鹏，你这个狗东西，只要让你做主，就是这几个屁菜。股长扔下点菜单，又加了一壶奶茶。人齐之后，桌上好一阵子没人说话。

股长端起了碗，说，今天，主要是为欢迎家长，也是欢送，欢送我们刘指导员的父亲。再有，这是第一次和咱们余干事吃饭，我感觉很荣幸，面子很大，能请到咱余干事。他停了一下，又接着说，我们几个老屎儿好久没见了哦，每天都忙，屎忙坏了也不知道忙啥了，第一杯都干了！

大家纷纷仰头，又落下手来。一片咂嘴叹气的声音。刘志金的盒子摆在股长旁边的窗台上，窗帘被风吹动，一下一下地揉着盒盖。

你的酒没动。股长看一眼我的杯子。

我不会喝。我说。

来了这里，没有不会喝的。

我真的不会喝。

女娃娃可能就是喝不多。指导员的父亲说。

女的才更得喝呢，这么冷的天，喝两口才活血。小姚说。

你他妈的做过女人啊？刘鹏说。

小姚做了个给他一拳的姿势。

我一喝就吐。我说。

吐了我们给你收拾。股长说。

还不光吐，我有胆囊炎。我说。

没事，至少你还有胆，我们的早就摘了。无胆英雄。股长说。

我真不会喝。我说。

股长斜着眼睛，背挺得很直，嘴边两道法令纹弯成括号。你废话太多了，我现在就教你喝，好吧？小姚，这瓶酒给你。我给你倒，我倒多少，你喝多少，喝到我们余干事把她的酒喝完为止，好不好？股长走到小姚边上，端起他的杯往里倒酒。

小姚很兴奋，咴着嘴搓着手，说，余干事，你救不救我？他拿起杯子，低头仰头，利索，大概到第五杯的时候，我端起了自己刚才就该喝完的酒。

这就对了。股长说。全桌人为我鼓掌。

能喝就别装，装的人，我们不喜欢。股长说。

小同志，吃点菜。指导员的父亲对我说，你老家哪里的？

河北。我说。

哦，好像也离这儿不近啊。老人说。

我们余干事大学就是学文学的,听说那是,啊,特别有才。股长朝大家使了个眼色。

指导员的父亲赶快放下筷子,从衣兜里掏出一张纸,抖抖索索地递给我。

小同志,我写了首诗,请您帮我看看,能不能发表了,鼓励鼓励我儿子。老人说。

我接过暗黄脆薄的信纸。他们都叫我念出来听听。

探子

行程万里渐渐高

感觉气温渐渐冷

呼吸氧气渐渐少

雪峰军营渐渐近

见到儿子泪汪汪

身边很多好儿郎

高山缺氧不畏惧

甘心吃苦守边疆

军营温暖战士心

十年戍边也无悔

父母回去把心放

我们守好咱边疆

还没念完,我笑了出来。

笑了?你笑什么?股长斜下身子,伸过脸眯着眼瞅我。

这么好的诗!刘鹏说,余干事,你笑什么?说出来也让我们笑一笑吧。

我紧闭着嘴巴。股长开腔了，口气像儿童节目主持人。余干事在笑话我们吧？我们确实没余干事聪明嘛。要不然你上学我当兵，你这么年轻就坐办公室吹空调，我们一大把年纪了还满大山地跑。他指头点着桌子。但是大家都看闲书、吹空调，正经事没人干，怎么办？是不是……谁来干活呢？

我把那页纸叠成筷子架大小，塞进钱夹。跟老人说我会找报社的朋友，请他帮忙看看。

哎，吃菜……吃，凉了，叔叔您快吃。小姚站起身给指导员的父亲夹了一筷子肚丝。

大家装着吃饭喝酒。

他妈的。小姚对着墙角吐了口痰。你们说刘志金上辈子干了点啥，这辈子混成这样，一件好事也没摊上。

小王一听有点着急，哎，说啥呢，人还在这儿坐着呢。

怎么了？小姚仰起半边脸，就是说给他听，听不见我还说啥呢。

股长刚才扒了几口蕨根粉，这会儿撂了酒杯，说，哎，我跟你们说个刘志金的事，有一天团里开会，叫刘志金来做记录，结果开会的时候，人找不见了，团长说找不着就算了，马上开会，可是政委不答应，说必须找到。然后团长去厕所解手，看见刘志金在里头抽烟，就问他，不去开会在这里干什么。刘志金吓傻了，憋半天，说，报告团长！我在想，如果中国真和日本开战了，咱是先炮轰，还是空降？

团长什么表情？小王问。

股长说，团长就跟我现在这样，特别严肃地看着刘志金说，同志，如果真打起来了，我肯定先一枪毙了你。

冯干事狂拍桌子大笑起来。

刘鹏吸溜着牙花子，手指头来回抹着嘴唇。

这时，我看到了谈话中的那个豁口，一个机会。知道一旦我进去了，便是真的进去了。酒、缺氧、刘志金的话题，同大脑里疯狂活跃的杏仁核一齐挤压我的灵感，使刘志金和过去学校里一个人的形象终于擦到了一块儿。

这人是系里一个杂务，父亲过去是学校的老职工，为了照顾这个关系，学校给了他一个位置。这个杂务每天晚上从不回家吃饭，都在外头找不同的人喝酒。一天半夜，他从男生宿舍查完寝路过水房，我们班一个男孩在里头刷牙，他走过去，突然走上去钳住那个男孩的头，把他塞到水龙头底下，拧开龙头冲他，还一边问他，你是不是男人？你到底是不是男人？说说看，是不是男人……

有一天，我半夜翻墙回来，看见他坐在宿舍门口的台阶上，两只手捂着脸。我站在一边，拿手机拍了他几张照片。突然他松开了手，望着我，说你活着回来了啊，很不容易吧？他疯得差不多了，可这话戳中了我的心。

说这刘志金吧，他的事我也知道一点……我起了这么一句，大家都看向我。我说有一回，刘志金去连队查寝，喝多了，查完寝路过水房，见一男的在里头刷牙，走过去一下把人摁到水龙头底下，拧开龙头就冲人家脑袋说，哎！你是不是男人，到底是不是男人？等那人反应过来，转身就把他给揍了，刘志金这才看清那是指导员啊。都这样了，刘志金还喝，喝完了坐在团部门口台阶上捂着脸哭，人家问他干吗大半夜的不回去睡，他说他老婆是蛇精，白天还是人，天黑就变蛇。

大家笑得敲盘子打碗，脸庞发亮。刘鹏前翘的下颚骨贴到了脖子上。小姚踩着凳子，把我拉过去，你听谁说的？

我咧起嘴，说你们知道刘志金坐飞机的事吗？他们瞪大了眼摇头。我点点头，说刘志金转业那年第一次坐飞机，和一个复员的小战士一块儿飞成都，到了饭点，空姐不就推着餐车来了嘛，给每人发一盒饭。刘志金从空姐手里接过来那个餐盒，特别激动，捧在手里来回把玩。小战士赶快放下桌板，打开餐盒就吃。他那边开始吃了，刘志金才意识到。可是他没看见小战士的小桌板从哪儿来的，又不好意思开口问。那小战士呢，故意不吭声，埋着头一通吃。等小战士吃完了，他还端着餐盒。他就问小战士，你这个小桌板从哪儿来的？小战士特无所谓地往他旁边一指，说，你问他们吧。刘志金就顺他指的方向扭过头去看，他看那边的时候，小战士赶快拿起餐盒，收起小桌板，等刘志金回过头来的时候，特别惊讶，说，哎！你的小桌板呢？小战士说，没有呀，我就这么吃的啊，什么小桌板？

这个废物！绝对是他妈的刘志金！他们眼角沾着笑出来的泪汁，跑过来给我敬酒，将我酒杯的杯底扶到他们的杯沿旁边，清脆地杯盏相撞。小姚为我的碗里盛上洁白的米饭。小王扶着桌子，油亮亮的脸埋进臂弯，肩膀在颤抖。

指导员的父亲给我倒上酒，说我儿子每个月给我们汇四千块钱，自己留五百。我和他妈很高兴他找了个好工作，来了一趟才知道这个情况，还不如我带着他在老家种大棚，现在草莓十四块钱一斤了，外国都来收，还有城里的一家子开着车来，现摘的更贵……

他说的我都听见了，可是顾不上搭他的话。

还有一次，还有一次。我兴奋极了。讲刘志金从ATM机子里取了一千块钱，板儿逼全新连号的，回去嘚瑟了一大圈。第二天人家说，哎，来看看你那钱。刘志金说，没舍得花，昨晚上全存回去了。

板儿——逼，嘚——瑟。小王拍着手慢悠悠地念。指导员的父亲跟着他一起摇头晃脑。

太坏了，股长凝视着手里的杯子。不能得罪写字的人啊，这嘴损人太厉害了，说出来跟真的一样。

不怪余姐，冯干事说着指了指盒子。

股长点了点头，说，没错，小余是个好同志，我不会看错人。

余姐，相见恨晚，啥也不说了。小姚一条胳膊搭上我的肩膀，悄没声儿地喝干了瓶底。

看看，你看看，别给我介绍了啊。刘鹏自己在那儿抚摸肚皮。我不准备折腾，没意思。他朝小王要了张名片，心满意足地捏着一角剔牙。我推开酒杯，和他相视一笑。街上的灯桩亮了。蓝紫、玫红、鹅黄的色块间隔矗立，满树梅花形小灯晶莹璀璨。仿佛塔什库尔干真的长出了挺直的树木，人们心上开着小花。

从饭店出来，我们开车去了河边。股长抱着盒子往河滩走，打算将刘志金送上漫洇水路。下坡的时候，股长胶鞋打滑摔了一跤。他抱着盒子爬起来，给了跑过去扶他的刘鹏一脚，吐着唾沫大骂，刘志金！老子对你那么好你还搞老子一下，太不是东西了哎你！

头顶上的暗黑云块，拖着敦巴什大尾羊肚腹长毛一般的雨带缓行。缺氧使人记忆减退。那些倒霉鬼，被戏弄的，我们唯一可称作是朋友的人，像菜板上的苍蝇不会久留。

　　谁说前任团长在大会上讲，高原上的人啊，有三大特点，第一点，容易忘事；第二点，唔……忘了……

　　返程途中，刘鹏开车，大家歪过头睡去了。车窗外，月亮投出一道湖蓝色的弱光，照亮大地千峦的奇巧安排。犬牙交错的石台像海里最远的岬角，亮着灯的团部像落入风暴的窄小渔船。罗布盖子河一条支流的侧坡上，今年春夏第一拨金露梅起伏盛开，色如卡尔旺家卖十块钱一罐的酥油。麻扎里，塔吉克族青年墓地上的瓷质马鞍幽明发亮。明铁盖达坂下，大量的山地物质被流水侵蚀、搬运、堆积在山前地带。帕米尔上遍布垄堆，不长草木。不长草木的垄堆真孤单。

科恰里特山下

车刚开出连队,七十五就抽搐起来。军医给他戴上吸氧罩,来回检查了一下气体的流动。命令我和李健给他捏手捏脚,和他大声说话。一刻钟后,七十五第一次停止呼吸。指导员叫黄民停车,军医给七十五做人工呼吸,掐他人中。七十五醒了过来。

车子继续跑。与其说跑,还不如说在跳。从三连通往山下的几十公里山路,顺河而去。路面常被山溪冲断,在每年秋季早早冻成了冰。山路地势高,路面时常急转直下又蜿蜒而上,穿过像快坍塌的峭壁。每一座山头都有大片骆驼刺。落上雪的茎秆看着又粗又密。没有全萎掉的苔草,沾着一点青绿色的薄冰。太阳把草叶上的霜晒得发白。

依维柯的过道放不下一个担架。副驾驶座后面两排座位,驾驶座边一排座位。只能放在两排座位上担着担架。依维柯车韧性不行,很颠。指导员和军医跪在座椅上扶着担架。我用肩膀扛着担架,靠不到座位上的一头,是为了不让担架侧滑。一过五公里的地方,手机信号中断,想和山下联系问问120的车到没到柏油路口也没办法。

今早，李健带他们班做国庆节收假后的恢复训练。连队对面新修了一座与吉尔吉斯斯坦的会晤站，李健让他班上的人往会晤站跑，绕过门口的混凝土堆再跑回来。跑过去的时候，七十五冲在第一。他们跑回程的时候，指导员问李健，谁会第一个到？李健说，七十五。刚跑出三四十米，七十五扑倒在地。李健看到了，跳起来喊一个士官，让他去看看七十五，那个士官还以为在给他加油，拼命冲刺。李健冲了过去。

七十五说这两天晚上烧锅炉没睡好。李健送他回到班里，他拉开被子睡下了。到中午开饭时，七十五已经昏迷，身体发凉。

车还没到二道卡，七十五第二次停止呼吸。头一偏，手从担架边耷拉下去。

指导员再次叫黄民停车。军医趴上去给七十五连做三次人工呼吸。现在问题不只是蜿蜒狭窄、时有时无的土路，以及被冲断结成冰层的打滑路面，更要命的是与以烽火台为界的对面那个世界中断联系时，逐渐流失的信心。

做第五次人工呼吸时，军医拽了我一把。

等我喊一二三，第三下一起用最大力朝他胸口按下去。军医说。

我和军医朝七十五胸口全力按下去，七十五身体向上弹起两三厘米，再次恢复了极为微弱的呼吸。指导员贴到七十五脸上去听。

喘气了。指导员说。

李健低下头捶了自己脑袋两下，指导员扶他起来时，他干呕了一声。

没事吧？军医问他。

指导员给了军医一个眼色，示意他扶稳担架。

开车。指导员对黄民说。

我们继续在坑坑洼洼的路面上颠来颠去。依维柯像大地上新长出来的一口棺材。

两个多小时黄民才把车开过烽火台。一上柏油路，信号恢复，车也跑起来。团政委的电话进来，告诉指导员，他和救护车就等在哈拉布拉克乡那一排杨树跟前。团里的人都知道那排杨树。那十几棵树排列得整齐过了头。

依维柯停在杨树底下。医护人员把七十五放到一张带轮子的担架上，抬上救护车走了。指导员带李健上了政委的车，跟着救护车。临走前，团政委叫我和军医去人武部，那边安排我们吃住一晚，明天再跟物资车返回连队。

我和军医站在路边。军医盯着涝坝里的杨树叶子，眼睛很久没有动一下。

他用火机点烟，打了两次火都灭了。他猛吸了口气，把烟扔了，用后脚跟把烟踩进了土里。又站住不动了。

我没有催他。我一点也不着急。大概还没有人跟七十五的母亲说这件事。

几年之前，我也有过军医这样的时候——对于本职工作，抱着一种很宏大的看法。那时候，全部生活，无论家庭、事业、个人情感都在正常、积极的轨道上。女儿在我对人生最得心应手的时期出生。第一次见她，她晃着小小的脑袋。圆圆的、无毛的脸上没有微笑。而那一晚，她的脸是警觉的，绷得紧紧的。我也记得我的老婆也是她母亲投向我的既讶异又悲哀的目光。

侯哥，现在去人武部吗？军医问。

都行。我说。

我请你喝酒吧。军医说。

可以。我说。

你等我买个火。军医说完，转身往路边一个小商店走。我奇怪他怎么走得那么灵活，刚才看他，好像腿已经断掉了。

军医去的那家小商店旁边是个小学。铁门忽然开了，五颜六色的小孩蜂拥而出。有一个穿紫色棉袄的小女孩，走得很慢，边看边舔自己手里的一个苹果，像是决意要把苹果全舔了才下口咬它。这就是我的女儿京京。她的皮肤不白。那时候四连指导员说京京随我，皮肤黑，我把那狗屁骂了一顿。他说等我有孩子了也给你开玩笑不就行了。去年他有了孩子，有段时间每天抱在怀里，听我们聊他孩子时严肃得要死。我们说，你捏着拳头干吗？说你孩子不好就要打人吗？

我是家里的独子。父母这一辈从湖南过来的知青，有不少在体制里终老。他们照自己的方式运作家庭，尽量跟随时代不掉队。前些年股市还可以的时候，我母亲也赶上了一点运气，给我成家打下了基础。他们的不安全感很强，怕积累的一点点财产忽然蒸发，怕院墙外面一夜之间乱掉。那时我找易敏谈恋爱，他们很高兴。易敏是长沙人，跟她小姨在阿克苏开干果店，还往长沙批发。战友羡慕我，说你多明智，早找好了退路。说这些话的人，因此比我更有上进心，挖空心思调职、搞副业，他们想攒更多的人脉和钱，认为有钱就能从任何乱局中抽身。

今年春天，易敏和我回父母家吃饭。席间说到如果我不离开部队，就先分居。易敏走后，母亲去刷碗。我和父亲坐在客厅沙发上，父亲抽着烟。我去够茶几上的火，也想点一根。刚拿上，被父亲一脚踢掉了。

我喜欢易敏，她说话的声调，她穿每件衣服时所表现出的故意和本地女人十分不同的姿态。我喜欢别的男人看见她在我身边时露出的眼神。但这两年她越来越焦虑，我的调职停滞不前，结婚时那个年纪持有的完美履历，已开始逐渐失去给她带来希望的价值感。我能感到她注意力的分散，无论白天夜晚，她的热情都更像前两年用剩下的。更重要的，她不想再带京京在阿克苏生活。京京该上小学了，应该去教育环境更好的地方念书，为初中去美国做准备，到时我们在美国再生一个。她姑妈在佛罗里达州。她希望我脱掉军装，先把出国的铺底资金赚出来。

目所能及，社会上掀起了创业和房产的热潮，大家除了谈钱还是谈钱。但除了在部队每天按要求做好分内事，我还有什么额外的才干和本领？也想象不到京京去美国以后会是什么样子。作为父亲，我没有把握让孩子尊重和依赖。也不相信，自己能先于孩子喜欢那里。

去年元宵节，我陪易敏从长沙去宁波看她亲戚。在高铁站安检口，易敏抱着京京，看着我被带到一旁，两位安保人员过来对我进行再一轮检查。我说明身份，找出证件给他们。他们接过证件，对比端详我的本地身份证，再将证件还给我，示意我可以离开。直到列车开动，易敏才开口说话。她说到了宁波想先带京京去医院体检，每天进出超市、银行、商场、饭店这些地方的安检门，辐射会怎样影响孩子的身体？我当然明白，她并非在说体检这件事本身。以前我们还能用不相互威胁的口气谈这件事的时候，我说过很多。讲这是整个世界都在面对的两难局面，一个欧洲和半个亚洲都在被胁迫。尽管我也知道，只有不在这里生活的人才会这样谈论它的境况。易敏说，人活着为当下，而不是为了活进历史课本。

下午的阳光照耀在黑色柏油路和学校新架起的高高的钢质拒马上。一切都那么平淡无奇。不论是天山百货门前和成都街熙熙攘攘的人群，还是少见的高楼后面凋敝的小巷，都在力证自己毫无危险性。现在，这里大概是整个国家治安最为良好的地方，秩序和巨额援建资金都力图帮我们重建信心。房价看涨，基础设施不断完善，"一带一路"的利好消息不断传入。一部分本地人身处其间，逐渐产生备受重视的自豪感。同时，时间紧迫，这一切都发生得很快。让另一部分人心怀焦虑、孤立无助。网络新闻和街头议论左右他们的心情。让他们一会儿从沮丧冲上乐观的巅峰，转瞬又跌回谷底。

我的为人、我的生活方式，多少年来，在这个地方具备了自己脆弱的形态。这种脆弱与无能和持有何种学历、办事能力无关。我有自己的老师、同事和朋友，有常去的集市和饭馆，怎么会不习以为常？我开车经过多浪河边的凤凰广场，穿进没有半点装饰的小路，看见路旁一排一九九五年建盖的楼房正在拆除。我知道，过去的生活也已被新的洪流全部冲走，不可能为我重现。

军医叫了一瓶伊力柔雅，就着一份大盘羊肚，我俩一杯一杯地喝。他手机搁在一边，边喝边刷微信。说李参写了首诗，配了巡逻路上的一张雪景。

军医锁了屏幕，抬起头来。

他们说李参离婚，是因为那个不行了。

怎么不行了？

太久没用，再用就不好使了。

放屁。

真的。

那么多人结婚之前从来没用过。我说。

家里新买的水龙头，刚用是挺好的，但用了一段时间不用，再用不就锈住了吗？他说。

我俩干了一杯。

李参明天也上山吗？他问。

不知道，晚上你问问，走的话接上他。我说。

好。军医说。

指导员说李参办好手续了。军医说。我嗯了一声。我们举杯又碰了一下。军医把杯子搁在桌上，盯着杯里的酒，动了动身子。

喝不动了？我问他。

他摇头，还是定定地看着杯子。能喝。他说。

喝急了。他说，缓缓。

他拿起筷子，夹起一块羊肚放进嘴里，很慢地咀嚼。等咽下去，他端起酒说，侯哥，敬你。我女朋友说，给你朋友打电话了，下礼拜过去实习。

我俩碰杯。

你俩还好着呢？我问。

他喉咙里发出来一点"嗯"的声音，可能代表任何意思。

李参在山上十七年，辗转三个连队。工资在全团干部中仅次于政委。每年九月下山探家。结婚十来年，生了一个男孩，今年十一岁。年初，他妻子要求离婚。李参说，考虑到孩子还小，能不能再等两年，孩子考上大学再离。他妻子强调，必须今年。

李参办完手续从陕西老家回来那晚，我和宣保股长去阿克苏接他。回到房子，李参把他母亲做的馍和辣菜蒸上，我们喝起酒来。喝两杯，他就点上烟，三根五根地抽。李参除了抽烟，没什么爱好。话少，牌也打得不好。婚后，他的工资保障卡放在妻子手上，妻子按月给他转五百块烟钱。这回离婚，李参没有把卡要回来。过了一个夏天，李参才向团里提出补办新的工资保障卡。

他以往探家，还会按照部队作息时间起床，收拾屋子做好早餐再叫醒妻儿。妻子要买车，他就给买车。坐上车，妻子让他滚下去，他就下车步行回家。他知道妻子已开始怀着嫌恶的心情回避他，但他还在吃力地考虑应该说什么、做什么，分散她的注意力。只差三年就上岸了，偏在这时一无所有。

看着军医，难免想到他费力争取的婚姻，会不会过十几年也是一场终日针对对方的讽刺挖苦。上山之前的周末晚上，参谋长给我打电话，说他在百味鱼庄安排了一桌饭，给我饯行。等人到齐了，桌前落座。参谋长开局，说这顿饭有三层意思：首先，团组干股的郭昕干事马上调往广州军区，即将大展宏图，我们要庆祝；军区总医院骨科来阿克苏代职的苏主任，马上到县医院就任，对她表示欢迎；再有是侯副参谋长即将上山代职，离开战友们一段时间，为他饯行。

百味鱼庄是乌什县以前给县委书记做菜的厨师开的，招牌是一鱼多吃，一条鱼烤半条煮半条。我们团里的饭大多也有点这个意思，一饭多请。参谋长说要吃饭的时候，就知道那顿饭不是专为我准备的。但没想到郭昕的调动真的办成了，他马上就不是九团的人，也不再是新疆人。对于他的去向，我既不感到愤恨，也不觉得嫉妒。调广州、调正营，这完全是他的风格。之所以有些不快，是因为他老四处说，再在这种地方待下去，就是对自己对家属的不负责任。同为入疆第二代的他挑明了对我们的看不上。他早已脱离现状，做好打算，喝酒时十分兴奋。我为他这样离开却无半点酸楚而感到心态陡然一变。开始反省到底内心和头脑受到了怎样的桎梏，才使得自己无法再跨出一步？我们的家庭都是从那个起点开始的，但年纪更轻的他已遥遥走在了我的前面，马上可以心平气和地谈论自己的通达之道了。

那天晚上，参谋长在军总的苏主任面前十分活跃。郭昕大讲参谋长娶到了阿克苏最好看的汉族女人，妻子能歌善舞。参谋长则向苏主任聊起，说他当时靠一首《黑走马》的舞步赢得了当时还是地委副秘书长的老丈人的青睐。平时他去儿子的中学打篮球，必定引起轰动，他一个对五个。苏主任说她的爱人是搞网络技术的，不爱运动，搞得儿子现在对什么球也不感兴趣。参谋长说他不喜欢在房子里待着，每年要跑几十趟边防连队，各个点位的哪块石头动一下他都能看出来。每次回家，妻子会叨叨他，水龙头坏啦、灯泡不亮啦。他说这就很奇怪，在办公室里怎么从来没有这些事。他只好一样一样去修理，烦了就对妻子说，信用卡给你，你别糟蹋我了，糟蹋钱去吧。

参谋长家在市里农一师供销大楼后面的小区。团里家在阿克苏的干部，通常会想办法每个月下两趟阿克苏。但参谋长周末从不回家，白天待在办公室，晚上吃完饭还会回到办公室。团里没人见过他的妻子和小孩来过院子。在座的，除了苏主任都知道事实，他也知道我们知道。不过他说得逼真，有几秒钟，我们怀疑是不是自己恰好没有撞见这个家庭含情脉脉的时刻。或者只是意识不到，我们和参谋长一样，都需要一点这个。我们在桌前配合参谋长，无人面露嘲讽。他是那样的一种领导：你可以开他的玩笑，他也能叫你笑不出来。只有一个人，文化股股长李西林，好像被感染得过分了。他突然站起来给苏主任敬酒，说，我爱人也在医院上班，她是急诊护士，儿童医院的。

　　参谋长听完愣住了。李西林离婚一年多了，团里没人不知道。李西林站起来，一只手扶住椅背，一只手挥出去指向我。他说，老侯，老侯今年差一点离了，有家有口的都跟他喝一个。

　　确实。我拿回了离婚申请，易敏带京京再次回到阿克苏，我们重新回到一家人的状态。然而只有我们知道这是如何实现的。桌边这些人，也像是为了表示同情，才从椅子上冒出来并坐在这里的。像李参，心里过不去的时候就去弄勺盐放手心里舔舔。真想这时手心里能有一撮盐。我还想跳起来摁倒李西林，把他揍哭。

　　军医叫老板娘把羊肚拿去热一下，他又跑去柜台拿来一瓶托木尔峰。

　　这个酒好，比喝小老窖舒服。军医说。

　　是。我点头。

　　下次整几瓶寄回家去。军医说。

　　你去他们酒厂买，找门口的大姐，说我叫你找她，她能给你便宜。我说。

可以单瓶买还是必须拿一箱？军医问。

只能一箱箱拿，一箱六瓶。我说。

那可以。军医说。

你和我嫂子怎么样了？他们说你把报告又拿回去了。军医说。

对，拿回来了。我说。

不离了？他又问。

我点着头干了一杯。

去看看七十五吧。我把酒杯倒扣在桌上，站起身来。

军医抬起头看我。我不去了。他说。

喝多了？我问他。

不是，怕见了难受。军医说。

要不一起过去，我在外头等你。他又说。

我俩一块儿拿起外套。

病床前，李健在给七十五揉腿。

看见我，李健起身让座。

侯参，坐。李健说。

你吃饭了吗？我问他。

他们给我买饭去了，政委刚走，你们碰见了吗？李健说。

没有，我爬楼梯上来的。我说。

七十五戴着吸氧罩，只罩住了口鼻，我却觉得他整个人都塞在一个大泡沫里。他眨着眼睛看我。

他好多了。李健说。

七十五也尽力点了下头。

别动。我说。

七十五向我眨了两下眼睛。

一位年轻的护士推着护理车走进来。她握住七十五的手，跟他说话。

听得到我说话吗？听到就眨眨眼睛。她说。

七十五眨了眨眼睛。

好着呢，好孩子。护士用不流利的汉语说，动手从护理车上准备输液的工具。

你今年多大？就叫他孩子？李健把左腿搭在右腿上，兴致很高地看着她。

你管我多大干吗？护士说。

李健抬眼朝她笑了笑。

那你先说他为啥叫七十五。护士又说。

他爸七十五岁有的他。李健说。

我才不信！护士叫起来。

七十五的脑袋偏过来看着护士。伸出大拇指，晃了两下。

他老子可能耐了，他妈还不到五十岁呢。李健说。

护士笑起来。李健凑上去问她几点下班，她说得等到明天早晨。

护士推着护理车出去时，指导员和黄民拎着餐盒走进来。

军医在楼下抽烟。指导员说。我们让他上来，他不来。

你们晚上睡哪儿？我问。

黄民指了指门口。

外面有椅子。他说。

要是七十五一直躺着不刮胡子，会不会长到脖子下边？黄民在李健对面坐下，摸起自己的下巴。

今年夏天，给在长沙的易敏打电话，说我同意和她离婚。挂上电话，我进小龙坎点了个小火锅，叫了两瓶常温的乌苏。在一旁收拾桌子的是个岁数不大不小的女人，端着洗洁精喷壶。我忽然觉得她很美。她的姿态，她身体里尚存不多的青春气息，都让我想到易敏。和易敏这些年，我给了她能给的最好的一切。可当她提出要另一种生活，我拿不出任何可改变现状的行动。说话也没用。如果我说抱一下就能抱得到吗？说句都会好的就会好吗？我从没在愚昧、平庸和愚蠢的事上消磨自己的生命。理想也从没半点虚假。到这时，却貌似只有那不变的、时常舔盐的生活，才是最看得见、摸得着的部分。

春朝雪舞沁人心，半谷遥闻百雉鸣。苦守寒山还几岁，陪君度日了余情。

再过个几年，就叫上写这首诗的人去哈拉布拉克乡那排整齐过了头的杨树后边买几亩地，盖个土房子。自己打粮食，自己酿酒喝。砌堵院墙，养上些退役的军犬军马。

养犬，我就养四连的格蕾特。格蕾特一岁半时从北京昌平军犬基地到了四连。不到半年，连队的人都看出来格蕾特抑郁了。它还想着回北京，拒不接纳山风的气味和响声。从不和其他军犬废话，只跟一条牧民家的细狗来往。有时在连队一整天形影不离。但细狗太瘦小了，一来就被连队里正在放风的军犬欺负。之前我和参谋长在山上，听说细狗的屁股被咬掉了一半。参谋长把细狗抱到哨楼上的暖气旁边，啰唆他是怎么看着细狗长大的。格蕾特伏在一侧盯着细狗，前一晚它咬死了一只跑哨楼上来蹭食吃的狐狸。格蕾特肯定愿意老了来和我住。它一下就能嗅出我，它还有与细狗共有的气息。

那晚我想尽快上山一趟找格蕾特，听它的吠叫。但过后我被团里留下来督建新的招待所。检查组来一拨走一拨，我扛过了每一次查账和问话。

一天下午，易敏打电话来，让我马上订机票赶回去。她在电话那边说了几句就开始哭，话语不清。是京京的事。下午我从阿克苏飞到乌鲁木齐，转机再飞长沙，凌晨抵家。

易敏说，中午京京的幼儿园园长打电话给她，让她马上过去。京京在幼儿园把一个女孩推进厕所的蹲便器，摁下了水阀。老师说，京京反感任何人对她的碰触和抚摸，这个女孩之前摸了京京的头发。还有不止一个同学，因为做游戏时抱住京京或拉她的手，被京京推倒。易敏说，老师认为京京目前的表现是感觉统合失调，在儿童医院给出诊疗意见之前的这段时间，京京不适合回幼儿园上课。

易敏抱着京京从屋里出来。京京躲在男孩气的短发里的脸，警觉地绷得紧紧的。易敏投向我既讶异又悲哀的目光。少见的，没有描画过的眉毛，承担了她脸上绝大部分忧虑和虚弱的神情。

我伸出手从易敏怀里接过京京。她扭过脸问我，爸爸，你捉了几只老鼠？

我们带京京到儿童医院，在门诊楼下走了一圈，没走进去挂号便离开了。我们不愿京京在五岁的年纪，就在不打针吃药的问话中意识到自己可能是一个特殊病人，从此满心恐惧。我们需要时间找出京京这些表现背后的原因，并已经依据新闻和个人经验开始艰难地猜测。但先默认的、最希望的原因，是我和易敏对各自的强调，环境的辗转，让京京难以辨认那些抚触动作背后的善意。我们无法再漠然相对，无法精神抖擞地假装展开各自新的生活。孤立无援，唯有彼此。

我们带京京回到阿克苏，决心先牢牢相伴。在我即将上山代职之前，易敏搬来团部家属院。在科恰里特山上的每一晚，我们仨都在视频中见面。我在连队荣誉室里将笑声一再压低，同时也知道等李参回到山上，无论身处连队哪个位置，都能听见来自另一个家庭运转时亲密的声音。

此时，我和军医躺在人武部安排的招待室。

军医在旁鼾声正响。我想叫醒军医，告诉他，我和我的妻子，就是在准备分道扬镳之前，才真正认出了彼此往后的模样。但我一个字也不能提，不管我说什么，都像把失而复得的一部分又交了出去。

我会跟军医讲，等明天接上李参，可以问问他晚上怎么入睡的。军医也许会马上反问，李参怎么睡觉的？两年前，连队进科恰里特山巡逻，大雪阻路，进点位必须骑行。排长带一行六人过冰河时，冰面破裂，排长的马打滑侧摔，排长跌进冰窟，顺水而下。随行的人下马去追。透过冰层他们看见排长仰起的脸，却无法抓住他。排长手机信号不好，以前老让李参上"为你读诗"的公众号下载朗读音频。俩人边听边抽烟。自从他出事，李参每晚都会戴上迷彩作训帽睡觉。李参说排长没成家，也许没回南京的老家，还在这里逛荡。他不希望排长在夜晚的梦里叫醒他，这不文明。

如果不是他，掉下去的会不会是自己？如果掉下冰窟的是自己，有谁会追出去那样的一段距离？科恰里特山下的人都想过这个。对我来说，这些已称不上是值得多想的事。

黑　拜

午间，队伍集结，分批登上突击车。一路紧贴岩峤，开往群山深处。傍晚，荒野的干旱山坡上薄冰未消，麻黄和铁角蕨从沙地的石缝中钻出来，干刺刺的。我本想收拢心神，回忆一些战术细节。但发动机和战士交谈的声音，还有山风撞向玻璃的闷响很吵，很快忘了该想什么。窗外的车灯照亮闪闪烁烁的雪屑，空气看起来混而重浊，山脊、岩壁和沼泽草甸在入夜后都看不太清了。

车队停稳后，我套上防弹衣跳下车。地面往上一尺左右，冻着一层暗蓝色的雾气。昏暗的人影在车灯前来往穿行，人声喧闹鼎沸。有人高喊按车身编号找到各自班排的物资车，就地搭帐篷宿营。

我们在一个群山环绕的开阔地带，坡脊绵缓，被白雪覆盖。不多时，到处响起金属叮当碰击的声音，一些被扛起来的钢架晃动着立起来。我们四个人的帐篷扎在一大块冰上。

等架起火炉，已经饥饿困乏。打开行军床，我从背囊里拉出睡袋钻进去。躺下时看手表上时间是凌晨2:40，海拔显示4103米，心跳69，就闭上了眼。他们三个也悄无声息地躺下。谁也没问这时该不该睡，睡醒了要去哪儿。我能觉出脸上的皮肤在寒气中向着鼻梁位置绷紧，像一个泵在抽干塘里的水。应该戴上防寒面罩的。

将入睡时，有人在帐篷外大喊，快持枪警戒！我爬起来让孟蒙出去看看。孟蒙提着应急灯跑回来，说，不要睡了，外头有狼。

我穿起外套拿上枪跟他们走出去，外面到处晃动着人。何超龙像个外人似的站在帐篷门前，没离开半步，只是不断地踮起脚跟做拉伸，专注地转动他的脖颈。我走过去，揉了他一把。

头疼？我问他。

狼在哪儿？他反问。

没看见。我说。

过了几分钟，李乐也趿拉着鞋回到帐篷。我们四个坐在各自的床上。前年上山驻训，路过康西瓦烈士陵园。离墓碑不远处，战场出现过，又消失了。那时以为，我们进入的只是那种生活的遗迹。

不会明天就拉到前线吧？孟蒙问。

那么多人排着队想往前冲。李乐说，一个团打没了才轮得上你。

孟蒙吐了口痰，点起根烟。

你给家里写的信放哪儿了？何超龙问孟蒙。

宿舍柜子里。

有必要吗？

万一我死了。孟蒙说。

死了国家会把钱打给你妈。何超龙说。

那钱是钱，我妈是我妈。孟蒙说。

阿布都热曼和尼加提他们都写了。李乐说。我问阿布都那一大串麻线是啥，他说，对不起，阿布都对不起他们。

阿里木江，李乐抬眼看我，你用汉语还是维吾尔语写的？

阿里木江的维吾尔语还不如我呢。孟蒙说。

孟蒙写信的时候，我就在他旁边画地图。他在信中说，我没有做过让父母掉眼泪的感动的事，是我最大的遗憾。结尾说，如果我出了什么事，你们别去闹。

这天夜里本以为会梦见什么，但没有。好像到此已失去了日复一日的现实之外的那些。

第二天中午，我看到何超龙坐在床上独自嚼着单兵自热食品。他的脸给人一种静止的感受——已经跑得够远，没心思再动了。就在离开的前一夜，我还听到他们在水房议论，说边境四周到处都是立功的机会。

李乐和孟蒙在炊事班帮厨。炊事员头回在这么高的地方做饭，面条煮得黏成一锅了还夹生。一阵旋风刮过去，盆碗盘子和拌好的凉菜上撒了一层土。但没有人抱怨。那个未直接下达的命令吸引着我们，化解一切矛盾，牢牢掌握所有人的感情和注意力。

过了两天，我们开始站在新砌起来的石头台子上望哨。有人做了一些简易的场地障碍，训练拉杂展开。夜里，我们谈到即将参与的这场战事。李乐问孟蒙记不记得去城里超市买的新奇士橙子，这些水果通过国际物流，三四天就到我们嘴边。打仗是为了好处，现在不打仗就有这么多钱好赚，打仗做什么？

训练时，听身边有人商量要步行去找当地人的一处圣地。传说如果有足够好的运气，就能在抬头时看见一匹金色的马从崖壁奔驰而过。山崖下有汩汩涌动的圣泉水，喝上一口会得到神明保佑。中间有人打岔，说后悔走之前没有撸一管送回家放冰箱里冻起来。

人的运气谁知道呢？聊天时，我们常拿耳垂和人中的大小长短说事。李乐说这种交谈无聊透了。我们都清楚只要收起帐篷再次开拔，人生就可能随时中止。别人会来代替我们。年轻的会在更好的时候来。那时候背包带造得更结实，工资待遇更高，女孩更耐老。这正是我们心酸之处。

上午在山里武装拉练，一个放羊的青年走过来。阿布都上前和他打招呼，贴面拥抱，说这是他的亲戚。这小子去年到县城武装部参加招兵，驼背太厉害给刷下来了。他提出来要摸摸枪，李乐把枪取下来递给他。他接过枪背在身上，说想陪我们走走。在他身后跟着三只牧羊犬，两只黄色，一只灰色。灰色的小狗嘴巴很尖，眼珠发蓝，毛打着卷。青年咳嗽一声，它湿润的耳朵跟着抖动，看起来十分驯顺。

上坡时，阿布都他们几个本地的塔吉克族走在前面，脚步轻盈，不慌不忙。我们几个落在后头，几次停下来喘气。这叫我相信之前传的段子是真的：有一次出任务，当地从口里调来一支队伍进山搜寻，结果这帮人没跑出去几步就捯不上气，头疼欲裂。倒是当地派出所里俩中年片警，挺胸凸肚，拿手当扇子，在山里爬上爬下，找到那伙人的藏身之处。

走出十二三公里，阿布都的亲戚忽然停在一个陡坡前。我问他是不是不舒服，他摇头。过会儿抬起脚给我看，他左脚穿的鞋脚底掉下来了。

阿布都说他的亲戚很不好意思，因为鞋子，他要下山回家了。我让阿布都转告这位亲戚，明天来找我，送他一双陆战靴。阿布都的亲戚走的时候，两只小黄狗很快跟上去，那只灰色小狗却蹿到我们后头坐下不动了。阿布都的亲戚朝它招手，叽里咕哝说了一些话。

阿布都说，他亲戚的狗喜欢我们，问愿不愿意留下它。我告诉阿布都的亲戚，我们会照顾它。黑拜。阿布都说这个狗叫黑拜。

晚餐时分回到帐篷区，跟在队伍后边的黑拜被抱去了炊事帐篷，它闻过一鼻子的东西就会有人送到它嘴边，鱼啊肉的。它经过的各个帐篷，看到人就亲热地摇动尾巴。夜里，何超龙用手指给黑拜梳理打结的毛。它在火炉边发出极其轻微的呼噜声，潮湿的鼻子嗅着自己毛茸茸的前爪。

接下来的训练，不管什么课目黑拜都会参加。餐前集合唱歌的时候，黑拜就排在我后头，叫一两声。周末，我们也会进山闲逛，好像希望走一走就能撞见一些熟悉的、让我们真正感到放松和愉悦的东西：超市、电影院、足浴城。荒地上渺无人烟，只有野温泉在冒热气。

我们七八个人脱了衣服，穿着短裤跳进温泉。黑拜在水边的碎冰碴上来回踱步，注视着我们，水溅到它身上也不躲闪。等我们各自找到一处舒服地方展开四肢，有人把黑拜抱下来放进水里。黑拜收起爪子，在十几条腿之间扒拉、扑腾。激起的硫黄热气和水花煞得眼睛疼，但大家都很高兴。我甚至想，黑拜是那匹神马送给我们的。这是我们向神借来的快乐。

一周后，旅长到帐篷区，用一段不长的发言讲明了队伍此次进山，与西南面的边境对峙并无关系。我们是过来参加战区实战化考核的。

小队顺着河谷走得筋疲力尽。有人闭着眼睛往前迈步子，突然失去重心，一屁股坐进河滩的冲积堆里爬不起来。也有人像块被踹开的门板，在路上直直地朝前扑倒。之前黑拜会从队尾跑上来，到这些人跟前徘徊踟蹰，龇牙露齿，发出呜呜的低吼。但这会儿它已见怪不怪，顶多过去嗅一嗅就转身跑开。它和我们一样，已经三天没吃到什么正经食物。昨天，它钻进一个岩缝，叼出来一只死山鸦。它把那只鸟扔在我们跟前，夹起尾巴，垂下耳朵，抬眼瞟过每一个人。李乐冲它挥了两下手，黑拜这才上前叼住那只死鸟，背对我们啃掉那副小得可怜的骨架。

进山谷之前，有一项隐蔽侦察的考核课目。小队分散伪装，有人蹲在土墩背后，有人爬进凹陷的雪窟窿。我和李乐蜷缩在一个土坑里，上面斜着一块扁平的山石。考核人员打着手电走过来，我们能看见光束晃动。因为趴在土壁上，外头的喘息和说话声十分清晰，甚至能听见靴子踩在雪上咯吱咯吱的声响。

在我探出头收集情况时，发现黑拜不知道什么时候跑来附近，正在不远处一动不动地朝着我看。如果它这时蹿到跟前又吠又叫，那我们这项成绩就不合格了。但黑拜只是看了看我，就像母鸡似的跳到了考核的人前头。在我们藏身的土坑前，黑拜跟着他们来回走了两三趟，没叫一声。待考官宣布课目考核结束，我们从隐蔽点钻出来，黑拜才欢腾地吠叫着冲进队列，踮起后脚，把前爪搭在我们靴子上摇尾巴。黑拜带我找到趴在雪窝里睡过去的何超龙，他保持架枪瞄准的姿势，但口水已经流出嘴角。我拽他起来时，何超龙重心不稳地朝我脸前挥了一拳。

你早就知道是来考核的吧？孟蒙架着何超龙边走边问我。

不知道。我说。

你没写信。孟蒙说。

哦哟，李乐看了我一眼，巴郎子贼得很嘛。

他狗屁巴郎子。孟蒙说。

爬雪山时，不光干粮告罄，每人自带的两升饮用水也早就喝完。有人打了半壶河里的水，被排长逼着倒掉了。河谷上游有矿山，水里矿物金属超标，野狼、野禽也会在这条河附近排便，有痢疾的细菌。黑拜在下起小雪的山路上一瘸一蹦地往上走，它的脚掌破了，给它简单地包扎过后，它很快就把纱布咬掉。也许它发现我们中间没有人在脚上缠纱布。其实是没人敢坐下。这个时候谁坐下，谁就再也爬不起来了。它有时会停下啃一两口雪，咽下去以后喉咙里呼噜呼噜地响，好像在强忍叫喊和眼泪。我原想抱起它走，但伸手够它时，它露出牙齿朝我的手腕比画。

我将何超龙的枪拿过来背在身上，他已经光会做翻白眼的表情而说不出一句话。灰黑色的天空冻住了高原上延续、流淌着的事物。四周的沉寂显得那么深广、那么坚实，使你感到人类文明至此已经终结。大雪覆盖的山体越往里走积雪越厚，雪灌进靴子，化成冰水钻进肉里。从空中飘落的碎冰看似轻盈无比，却蕴含着酷烈的寒意。黑拜像一个蛀洞，在这颗浩渺无际的白色巨齿上挪动细小的爪子。营长那故意振作精神、孩子似的尖音不时传到下面："同志们！坚持住!"黑拜就像被惊扰到了，把身子猛地往前一抻，在风中斜着结了霜花的身子继续走。

要是碰上出来找食的兔子、野鸡就好了。给一枪，再架起火，扒了毛转动着烤一烤，哪怕不放盐，啜一口外层焦黑的脂肪也好。我捧起雪擦了把脸。越着急搬动步子，越觉得两只脚被雪黏住，迈不开腿。再往后，连路也没有了。黑拜在队伍中蹿跳着向前，避开以往它很喜欢往里钻的灌丛。

当我们从幽蔽的山隘中走出来，古兹尔昆河的沉闷轰响叫黑拜禁不住地发抖。矗立的巨石上冰凌悬垂，河水冲击着支离破碎的冰块，持续撞向连接河岸的岩层。营长上了一辆帕杰罗，去核对单课目考核成绩。车子开动前，他从车窗扔出来一个苹果，李乐一把接住。

李乐没有看我们中间任何一个人。他蹲到地上，双手捧着苹果，不多地用了点力把苹果滚到黑拜跟前。

黑拜木然地望了一眼这个滚过来的东西，呜咽一声，拖着尾巴跑了。

李乐走上去把苹果一脚踢进了河里。

待考核结束，人员所在各个小队重新分配任务。侦察分队继续留在山上，其余人收拾家什，往山下挪了近六十公里。临走前，阿布都找我，说想把黑拜送回亲戚家。但他刚帮着我们卸下帐篷，就发现黑拜已经跟着队伍跳上了物资车。

帐篷里，鼾声混合着手指甲搔挠衣物和皮肤的声音。黑拜在帐篷外阴凉地里的碎石堆上卧着。自七月初从高原撤到这片戈壁，黑拜的体形膨胀了三倍。此地气候和它基因产生的矛盾逐一显现——眼睛因为老是侧躺进土发炎了，眼角堆着黄色的黏稠物。黑红色打结的毛成天沾着土疙瘩，被人踢坏的后腿露着肉粉色的疤，跛着走路时看起来很迟钝。天气转热，它身上的狗味越发刺鼻，进哪间帐篷都会被赶出去。饭间闲聊，有人说黑拜是土狗串子，先天不足，适应能力差。孟蒙当着我的面做出要揍说这话人的动作，说扯你妈的鸡毛，有毛关系？

以前总给黑拜喂骨头的人，去河沟里捞了一条拇指肚大小的鱼，放在罐头瓶里养起来。李乐从边防派出所抱回一只刚出生的花斑猫，夜里让它睡在垫了毛巾的头盔里。

考核之后的训练和生活回归日常的条条框框。让很多人腾出脑子和工夫，来想在这之前没有解决的麻烦事。孟蒙向我抱怨他没有机会提干了，上次军区比武只拿到第三名，这回想上山能打一仗立功的想法也落了空。年龄在这儿放着，再调四期意味着体能方面给自己找难看，只能复员回醴陵县城的老家。六月末，何超龙怀孕七个月的老婆穿着人字拖下楼拿快递，挂在趾缝间的襻带忽然掉出来，他老婆摔倒往下滚了几层台阶。送去医院把孩子剖出来，发现孩子胎心很弱，一直在重症监护室的保温箱里放着。李乐的女朋友要调回成都的美团网上班，用通知他的语气跟他商量定居买房的事。李乐刚在喀什市全款付清三十万拿到的房钥匙又要转手，现在房子有价无市，原价卖都不一定能找到买主。

山里没有信号，何超龙用卫星电话和家里联系过一回。往后每隔三天跟着送菜车下山一趟，打完电话再步行十公里回来。遇上领导来检查，人员必须在位，他就把要说的话写在纸上交给送菜车的司机，请他帮忙带到有信号的地方，给他媳妇编了发过去。他岳父给送菜的司机打过一个电话，要他转告何超龙，再不滚回家去，就叫女儿签好离婚协议寄到他单位，这辈子别想见孩子。

有一回，何超龙下山想带上黑拜，路上顺便套几只呱呱鸡回来，但黑拜赖在碎石堆上不愿起身。何超龙喊了它两声，它也一动不动。黑拜对熟人的痛苦和焦躁事不关己的样子激怒了何超龙。他拿起石头砸了一下黑拜的尾巴。黑拜十分费劲地抬起身，伸出那张长了一撮小胡子的丑脸，呼哧呼哧喘着大气。它睁大两只发红肿胀的眼睛，搜寻眼前这个人的五官和气味。但仅仅只和他对视了一下，甚至没等看清他手里还没放下的石块，黑拜就慢吞吞地刨了两下爪子，侧躺回去。何超龙朝它脸上踢了一脚土，黑拜哼唧两声，闭上睫毛稀疏的眼睛。

一段时间里，有人给它滴过眼药。也看见黑拜曾跟着队伍在马路上跑步。但更多的时候，是看见它在队伍集合时被领队的踹走，在汽车发动前拿开抵住轮胎的三角木时，它被人从汽车底盘下头往外轰。要是跑慢了，还会再挨上两脚。黑拜有时看人冲它做抬脚的姿势，就会绷紧臀部，身子挺得直直的，翻出眼白，定定地等着。

对他们那些做法，我先是吃惊，后来厌烦，久了也无话可说。刚上山的时候，我对未来得及好好观看的雪峰、荒野还有黑拜充满感情。我曾想，一旦从边境平安回来，一定要接触和拥抱这里的美，还要给黑拜找几条尖嘴鱼吃。但撤走帐篷那天，我看着太阳沉落在山峦香芋色的轮廓上，霞光的流动优美、迅速，内心却无动于衷。环顾四周，这个地方神秘而充盈的魅力退缩得几近于无。黑拜仍然顿顿吃剩饭，没有尝到什么鱼。去年，我和队员被派往巴基斯坦参加狙击手训练，课堂上，教官在讲调镜子时忽然从窗台跳进来一只像螳螂的昆虫。一个队员马上逮住它，捏住翅膀要把它的头拧下来给我们玩。教官走过来，从队员手里要回那只昆虫，把它扔到窗户外边去了。他说了一段话，大意是不要无故阻碍生命。没几天，我们接到通知去参加这位教官的葬礼，他在一次清剿行动中被炸散架了。也许，如果不是每天在流弹中端着饭盆吃土豆糊，他不会轻易看见课堂上那只螳螂似的小绿虫。

七月下旬，天气酷热难耐。何超龙的请假申请还没批下来，听说是卡在旅里了。旅长和政委在军区开会，都没回来。何超龙的火气慢慢熬成一种强忍的自怜，然后是沉默。他有时会走过黑拜身旁踢它一脚，看钻在它杂毛里的苍蝇和蚊蚋四下飞起再离开。黑拜被灼热的气流熏昏了头，现在白天有人扔骨头给它，它也懒得翻过身子，只在晚上气温完全降下来以后才开始活动。但它在帐篷外拱垃圾、玩易拉罐的声音，在夜里被放大得格外刺耳。一天晚上我走出去放水，看到何超龙后背靠着帐篷坐着，一动也不动，盯着三米外在认真咬一个塑料药瓶的黑拜。我过去叫他，快速地瞟了眼他的前后左右，手里、膝盖和脚边。我感觉他心里什么东西已经崩溃了。仿佛就在刚才，他用一把不存在的枪向黑拜射击，直到整个弹夹的弹药打光才停下来。

我从旱厕回去时，发现何超龙已经不在帐篷外面。这时旁边忽然"扑通"一声，黑拜跳进了一个只有半袋水的水袋里。那个水袋是我们平时的生活用水。难怪有人说刷牙的时候发现水里有狗毛。

在刚才何超龙坐过的地方，我坐下来。很快，夜风吹紧了皮肉和筋骨。穹顶遍布淡黄色的繁星，大大小小。这次上山，我没有给父亲留下一封信或者什么。半年前母亲去世以后，繁重的训练和不定期外派，让我几个星期不和父亲联系也没有歉疚感。母亲一早就说我从父亲那里遗传了不恋家的基因。当初为了娶她这个从内地过来谋生的汉族女人，父亲与在哈密老家的父母兄妹断绝关系，十几年间没有联系。父亲十六岁当兵，从志愿兵提干，之后留在步校当射击教练，多年来生活在毫无宗教气氛和不刻意强调民族特色的大院之中。但自从母亲体检查出肿瘤，医生告知需要住院手术以后，母亲总会玩笑似的说父亲不久就会再娶一个维吾尔族女人，生个小阿里木江带回我奶奶身边。

这些年，我上汉语学校，交汉族女朋友。在母亲的坚持下，不会讲一句维吾尔语也不会写一个维吾尔语字母。在医院，母亲躺在病床上说，你最好娶一个家是口里的姑娘。我看了一眼蹲在床边为母亲清理尿袋的父亲，说短期之内还不考虑结婚的事。那时，恋爱三年的女友提出分手，家里不同意她嫁给我。我上门找她妈妈解释，之前为了高考降点分数才把名字改成阿里木江，高中以前都不清楚自己是少数民族。她妈妈听了也只说，别多心，没有你想的那么复杂。分手的事父亲知道，他试着说过一句，考虑一下艾什哈尔家的丫头？我抬头看了看他。仅此而已。

那晚，母亲说身上出了汗，想擦个澡。父亲把她扶进浴室，替她擦洗完换上干净的睡衣。母亲问父亲，她衣角上的破洞怎么没有了。父亲说，他给缝上了。母亲说，为什么要缝上呢？这个破洞是我平时没事抠着玩的。那天夜里等母亲睡着，父亲把在她睡衣上修补过的地方又用指甲刀剪开了。只是第二天，母亲没再醒过来。

丧假结束临走那天，在车站，我问父亲有什么打算。他说先和两个同年退役的战友去内地转转，年底回哈密老家。他想把老屋收拾出来，陪奶奶住些日子。

父亲最近一次微信发来的小视频是在浙江西塘，他把镜头对准了一家叫"泊客"的酒吧，蔚蓝色灯光和打碟的音响之外，到处是步调缓慢、左顾右盼的游客。那天我真的很想问他，他会不会就此用剩下的半生去补偿几十年来不曾一同生活的亲人们；会不会不久后打来一个电话，说他要结婚了，而我唯一能做的，就是不去追问那是不是一个和母亲毫无相似之处、终于让家族满意的女人。

如果这些天忙活的不是一场考核，何超龙不必面对家人的指责，孟蒙会立功提干，而我也根本用不着去想那个母亲用智慧和爱持守至最后一刻、此后却不再有她一丝踪影的家，将如何被淡忘和改变。分队长说得很对，让我们这群狗厌闲着就只会胡思乱想。

黑拜湿漉漉地从我脚边小跑过去。我想要是刚才它真被何超龙打死了，要是狗也能留遗言的话，黑拜会说，水袋真是个好东西。

一早我带着水车外出拉水，回来时，帐篷外的空地站了不少人。我走过去，看见何超龙手里攥着湿漉漉的水袋，跌得仰面朝天。黑拜匍匐在不远处，躯体剧烈地抖动，牙齿全龇在外面。它拼命地刨动爪子，浑身是土，凄厉地吠叫。就在刚才，何超龙把黑拜从水袋里倒出来，再踏住水袋狂踩。眼看着还有夜间凉意的清水渗进沙砾，水袋破烂。黑拜直挺挺地跳起扑向何超龙，在他抡起水袋抵挡时，手臂被黑拜的牙齿划破。黑拜仅仅扑了这一下，就趴在地上悲号起来。在周围人散开以后，黑拜还用力地叫了很久。

何超龙坐上车，要被送往山下县城医院。他坐进车里，突然摇下玻璃叫我。

"拿一下我枕头底下的苏烟。"他说。

自从撒了水袋，黑拜经常离开营区。一走三四天，在我们不注意的什么时候又会回来。没人再聊到黑拜，就像不会有谁再提起两三个月之前写过家信。

直到有一天，黑拜咬死了李乐的斑纹小花猫，才再一次叫众人想起它。它因为这件事惹恼了不少人，他们忘掉了当初黑拜跟随我们跳上卡车，离开家乡的事。

夏季短暂得像刮了场山风。大会临近，十月中旬时所有人都准备下山了。深秋的一个中午，帐篷区撤掉后的平地上只有黑拜在走来走去。回到营区，院子不准养狗，但我想到这是阿布都亲戚送的狗，怎么也得带下去找个地方，不能扔在这儿。我们小队在这些塔吉克族士兵眼里还是有些小毛病的——他们看不惯我们用一个盆子洗了脸又洗脚，宿舍有人过生日再拿去泡方便面。一条毛巾从头擦到屁股，连脚指头缝也擦。上山之前，排长从炊事班牵走一头猪拴在训练场后头空地上，整个小队的人举着刺刀围住它，每人上去扎一刀锻炼胆量。但在山上轮到杀羊，小队的人都捂着眼睛退到一边，谁也不敢走上去抹羊脖子。他们公开笑话我们：不会吧？捅猪捅得挺狠的，这是什么情况？我也怕丢掉黑拜的事被阿布都哪天知道了，他嘴上不说，心里会有看法。

黑拜大概饿了很多天，孟蒙剥开两根火腿肠，就引它上了我们的车。李乐看见黑拜蹲在我脚边，就拿走背囊去了炊事班的车。

入夜了，暗下来的天空浩瀚阴沉。随着车队行驶进海拔更低的平原地面，城市道路豁然展开，缓行的车辆灯光夺目艳丽。路边硕大的标语展示架和彩色广告牌遮挡住半幅靛蓝色夜幕。风吹在脸上，留下抚触一般的感觉。驶出收费站时，黑拜踩到孟蒙的背囊上，竖起耳朵望向外边，像在观察大道两边的路灯哪一盏没有亮起来。这时孟蒙惊叫一声，我扭过头，看黑拜已经不在背包上。紧跟在我们后面的一辆地方车紧急刹车，车头保险杠的位置有明显撞击的印迹。我们的车队还在向前开动。我看着那辆车上的人走下来，不可思议地看了一眼地上的东西，再抬头望向我们。见我们并未停车，就转而彼此交谈，做出激动的手势。

费丽尔

　　有些人想说什么，就能说出他想说的。但他自己的痛苦和诉求说不出来。钱不够还要找好大夫、给孩子用好药，就等于在没路的地方走，没手还要抓东西。从穆哈吉尔家新上漆的窗户望出去，山峦在雾气蒙蒙的天光中冒烟。震耳欲聋的山风箍住这片低矮的土房子，将碎石头碾裂成沙。

　　他在靠炕沿一侧的墙边坐着，点开手机备忘录里的"借款"项。他想了两天列出来的三个名字，都有充足的理由向他们开口。先说龙虾。二〇一三年上边境架品字形的铁丝网，六十四公里的路段包给他们连队四十个人。那三个月，吃住都在紧挨着铁丝网的帐篷里。分区司令拉了一车西瓜去看他们，说我把兵带成乞丐了啊。架网的地方在坡脊上，四十五度的斜坡车开不上去。一个二百四十多斤的水泥柱支架得俩人从车上搬下来，抬着走两百多米上山。铁丝网成捆拉过来，一大捆两吨，剪开按小捆推下车，再戴上帆布手套推着往山里走。

　　小捆的铁丝网直径有一米二，要是没扶住，滚到坡底还不

67

一定能收住，跑下去再推上来更费劲，所以开大车的师傅会嘱咐一声，要是快滚下去了就拿他带过来的铁钎子往里插，插住就滚不动了。那天走在前头的家伙脚底一滑没扶住，眼看那捆铁丝网要往下滚，龙虾冲上去就用肩膀顶。他在旁边看见了，一把拽开龙虾，另一只手本能地挡了一把擦着胸口过去的铁丝网。就那一下，左手掌心的肉全翻出来。龙虾跳起来去帐篷里找三角巾。人都围过来，刚有人用橡皮筋扎住他的胳膊，他就晕过去了。

送铁丝网的司机抄平日巡逻走的小路回连队，那边连队接到电话，军医赶紧准备针线。过了一个多小时，他被抬进医务室。针刚穿进肉里，又没了知觉。排长拿热毛巾敷在他冰凉的额头上。借着麻药的劲，军医给他把零零碎碎的烂肉剪掉了，缝了十八针。

龙虾说，到死也不会忘记这个恩情。

再说海比尔。海比尔是团里的驾驶员，跟他同年兵。去年海比尔开着陕汽2190大牵引车去连队送物资，他正好参加炊事比武拿了二等奖回团，爬上副驾驶座就跟着上山了。从团里出发一路都是晴天，一进沟里就开始起雾。从进沟到连队一共四百八十六道弯，二百九十个大弯。在夹着雪籽的雨雾里走了四十八公里，车子在拐一道弯时突然侧滑，左前胎滑出路面悬在那里。山岩下的冰层很硬，周围略薄一些的地方则是雪和泥混在一起。海比尔抻头看了一眼，坡度往下有七八十度。海比尔将挡一把挂上六驱，两人脑袋都扎到挡风玻璃上去了，左前轮也只是打滑空转，根本倒不上去。

海比尔问他，能给这车弄上去吗？他摆手，示意两人先下车，他小跑绕到主驾驶这一侧，海比尔搬来两块大石头给他垫脚，推着他往驾驶室里爬。他刚关上主驾驶座车门，就看海比尔小跑着冲下土坡。他摇下窗玻璃叫海比尔，哎你不上来吗？海比尔挥臂喊道，我在这儿指挥你！他骂了一句摇上玻璃，寻思干脆把右前轮也放下去，先调正车头。他把左前轮一点一点挪下去，再把右前轮蹭下路基。等车头都下去了，六驱一挂，强加力加上，轮胎的抓地力一下恢复，才慢慢倒上来。他有荨麻疹，不敢热，衣服一穿厚了出点汗，身上就像针扎。无论刮风下雪，他的体能作训服里头都是短袖短裤。开这把车还是叫他冒了点虚汗。后背和腋下刺挠难忍。

海比尔的爸爸在喀什老城里开牙医诊所，他的大老婆给小孩补虫牙，小老婆帮老人镶金牙。有红本的大老婆是家里指派的，和海比尔的爸爸生了海比尔。小老婆是他早年去土耳其学牙科带回来的，和海比尔的爸爸生了两个女孩。

他是海比尔的兄弟，还帮海比尔避免了一场车辆事故，开个口也没什么。

而那个准备靠"一带一路"发点小财的浙江老哥，是第三个人选。去年十月，他和团里的军需助理上玉其塔什接老兵下山，在离连队二百六十多公里的地方，一辆红色皮卡正翻过达坂往下飙。他一看有点毛，就在路边宽敞点的地方停下车等它通过。但那辆车在下达坂的最后一道弯时突然溜冰侧翻，滚下河坝，车轮四脚朝天插进河里。

助理掏出手机给克鲁提乡派出所打电话，他就往翻车的地方跑。从路上下河坝约莫八十来米，他滑了四五跤才蹚进河里。眼看水往驾驶室里灌，他从水里摸出块石头就往挡风玻璃上砸，砸开了看见驾驶员在往外挣扎，但右腿被卡住了。他冲往下跑的助理喊，叫他回车里拿撬胎杠。助理找杠子的这会儿工夫，他趴近驾驶员跟他说话。不要张着嘴往里喝水，坚持一会儿，肯定能把你救出来。助理跑下水时，身后跟来两个老乡，四个人用快一个小时才把这人从车里拖出来。

大概是在河坝水里泡时间长了，加上脑门和右腿又在流血，刚抬到马路上这个人就陷入昏迷。助理把棉袄脱下给这人盖住，他又把大衣脱下给助理披上。等了十来分钟，派出所的车过来把这人抬上车拉走，送地方医院了。两个月后，这位老哥拖来连队两盆一帆风顺的盆景。还是他自己开的车。老哥说那天他赶天黑之前上泉华那边拜神，保佑他在附近新建的矿泉水厂诸事顺利。不指望水厂挣钱，主要靠它争取政府政策倾斜。老哥打算去吉尔吉斯斯坦做电动车贸易。好比老家平度产葡萄，浙江就是出老板。他想跟老哥说说孩子的情况。

至于第四个借钱的人选，是他刚才胡乱想的。舒莱姆，舒莱姆。他嘟囔了两声舒莱姆的名字，眼神落在铺着红色花纹毛毡的桌子上，瞥见一只蛾子停在一块奶疙瘩上。他松开拳头，坐起来，屋外头的声音和油烟这才缓慢地涌进屋子。舒莱姆和他婆子在外屋烧火炖肉。隔着屋门口的帘子，他能看见舒莱姆在灶前弓下腰看火，他婆子拿着锅铲上下使劲。

人人都说舒莱姆是迈阿丹最有钱的克族人。连队一个老班长说，那年来了个武警部队的政委进山休闲，团长安排他住在连队，吃饭在舒莱姆家。舒莱姆收了连队给的伙食费，当政委提出想吃烤羊排，舒莱姆却把他带到了穆哈吉尔家。舒莱姆对穆哈吉尔讲，这是位大人物，如果招待得好，儿子以后上大学就可以找他念个好学校。穆哈吉尔说我的孩子才九岁，离上大学还早得很。舒莱姆就骂他没有见识，说了一番交际的道理。穆哈吉尔的老婆在旁听见他们说话，乐呵呵地宰了羊娃子。政委那几天吃得很高兴，把这笔快乐账记在了舒莱姆头上，承诺以后有事找他。

政委一走，舒莱姆就给他写信。信中讲最近山里气候如何无常，他和家人又是如何生病缺药。另一边舒莱姆找到连队，和连长说为了招待政委，他和家人是怎样拿出最好的粮食酒和羊羔。政委寄了一大纸箱药给舒莱姆，连队搬了几袋米面到舒莱姆家。往后那一个月，舒莱姆把讨来的药和粮食卖给邻里老乡，挣到手的钱买了两头牦牛。他们说舒莱姆挑的牦牛也不是一般聪明，连队用望远镜看它们会自己逛到山里泡野温泉。现在舒莱姆和妻子又一同成为护边员，每人每月有两千六百块的收入。

但问题是，谁规定了有钱就得把钱借给别人？

肉汤上桌，穆哈吉尔和龙虾也端着面盆进屋了。他俩刚才在北面的柴房里拉面、炒盖菜。

老穆，今天吃的又是你家羊吧？他问。

穆哈吉尔笑吟吟地盘腿坐下，看了一眼舒莱姆。

你告诉郭班长，谁拿来的羊。舒莱姆说着也坐下来。他不着急动肉，先捏了玻璃碗里的几粒巴旦木掰开吃。

反正这一顿不是我的羊。穆哈吉尔笑开了，放下手里的核桃皮擦了把嘴。

那是。他说，估计是舒莱姆的羊，不然特意等你媳妇回娘家，少了一张嘴他才拿过来。

几个人都笑了。

寿星，许个咋样的生日愿望？舒莱姆问他。

丫头的病早点好吧。他说。

咋样了？穆哈吉尔问。

在准备钱做手术。他说。

你们连队没募捐吗？舒莱姆问。

他不让搞。龙虾替他答了。

他伸出手在近前的碗里瞎摸，抓起块糖剥开往嘴里放。

连队一个义务兵，他哑着嗓子说，他妈妈出车祸了，上上个月连队刚发动给他捐款，团里也组织，微信里边也号召捐钱。我这个事连长主动提了两回，但实在是不好。刚捐完一个又来一个，兄弟们咋想我……

一个是娃娃，一个是老人呀。舒莱姆说。

是啊。他说。

那咋办？舒莱姆问。

也不是没钱。他说，去年刚装修了县上的房子，我爸妈现在住着。要是把房子卖了，能有个二十来万，看病也够了。

那卖不卖？舒莱姆问。

不想卖。爸妈刚接过来。

他们说话的工夫，穆哈吉尔拿小刀剔了些肉放进他们眼前的盘子。面也分好了。几个人悄无声息地吃起来。

哎。他拿筷子点了点龙虾的盘子。

龙虾停下嘴抬头看他。

生孩子之前一定要做详细检查。我和我媳妇不是八字不合，是基因不合，当时没查明白。

嗯。龙虾说，生孩子是大事。

我对我的小孩有三点期望。龙虾说，第一，孩子必须像我，不能像隔壁的。第二，机灵一点，哪怕提着开水浇花也证明有他自己的想法。第三，一定要有一点讨人喜欢的地方，不能看着就不让人高兴。

你媳妇在哪儿呢？穆哈吉尔笑起来。

我等着娶克州首富的丫头。龙虾冲舒莱姆弹了声响舌。

啥时候下山？舒莱姆放下筷子问他。

医院约上手术了就下去。他说。

你应该给你的小孩做一个事。舒莱姆望着他说，找一块狼髀石，小狼崽子的。

我有一颗狼牙。他说。

我知道，我给你的。舒莱姆说，但是男孩戴狼牙，女孩要戴狼髀石。

你有吗？他问。

可以帮你找人要一块，但是戴过的就不太灵了。你小孩的病有点厉害，你应该自己去打一头小狼，找它的髀骨给你孩子戴上。

你试过吗？骨头能治病？龙虾问。

我的话你只管听，没有根据的话我不会说。舒莱姆回答。

肉和面都吃完了。他靠在墙上，两只大手摩挲身边靠垫上的纹饰。

有年连队到靶场考核，上去两个班都打得很差，连长觉得怪事，就叫连队枪法最好的战士去打，还是有两发弹偏靶了。舒莱姆一直在旁边看，过会儿把排长叫过去，让他带人去放靶子的旁边那条沟里前后看看。排长带了两个战士跑过去，看到离靶场一二百米的地方有一个男人和一个女人在动。排长叫战士先回去，他过去把人撵走了。以后连队再出来打靶都先清沟。还有一次，连队抽水泵上一根螺丝钉松了，怎么都拧不紧。舒莱姆拿起子试了几下，就叫他抓只小公鸡过来。舒莱姆用小刀割开公鸡的喉咙，放出来的血滴在螺丝钉上。过会儿他再拿过起子，几下就拧紧了。舒莱姆送他狼牙的时候说过，苏约克这一带是古战场，放牧转场的时候，经过山中几道沟里都能看到被狗刨出来的白骨。

小娃娃不是老人，不应该有病。舒莱姆说。

是啊。不应该。

现在正是小狼下生的时候。舒莱姆说。

不行。龙虾说，过去就会留下衣服气味。去年老巴掏狼窝，狼就从一大堆羊里头找，把老巴家的羊全咬死了。

下雪的时候去，脚印和气味一场雪就盖住了。舒莱姆说，我给老巴教了，他不听。

那我去搞，一只卖给你多少钱？龙虾说。

要我去掏小狼崽，少一只狼吃你们家的羊吧？他笑着反问舒莱姆。

是不是，舒莱姆？他说，没好处的话你不会说。

你的脚是谁治好的？舒莱姆说，那年你巡逻踩到冰窝子，脚拔出来了鞋子没出来，一瘸一拐走了两公里，给连长留在我家。是我宰了一只最漂亮的羊娃子，放出来羊血让你泡脚，不然冻烂的地方以后你年年要犯。

是你治好的。他说，可是你这几年的胶鞋、防寒靴穿谁的你咋不说？

你也相信这个狼牙跟狼髀石吗？龙虾扭过头问穆哈吉尔。

这些都是我的爸爸的爸爸的爸爸说过的话。穆哈吉尔瞪着眼睛说。

就算是真的。狼那个东西不能结仇，这个事不行。他说。

早几年玉其塔什那个事差点就没过去。他说。

舒莱姆闷了口茶。穆哈吉尔也不吭气了。

那年他在玉其塔什刚套一期，连长原先是组干股的一个干事，也刚上任。连长到连队不久，和当地老乡来往热络。指导员是个埋头干不爱说话的人，有老士官旁敲侧击地说连长在工作里夹带私货，指导员也只是听，不发表看法。有天下午，连长从老乡家抱回来一只死了的小狼崽。连长把小狼扔在马厩旁边的铁笼子里，嘱咐他晚上过来把这个小狼的狼牙和髀骨取出来。

那天夜里，全连组织在二楼学习，突然听到哨兵冲进楼里的喊声。

是狼来了。

指导员把哨兵揪过来，问怎么发现有狼的。哨兵说刚才听到马厩里有马受惊的声音，走过去时看到围墙上飘着两只巨大的萤火虫。

那时都住在老营房，一楼没有大门。指导员让他们分散到二楼各个宿舍锁上门，自己和连长带着两个枪法好的去了枪械室。他回屋锁上门，把小桌子也顶到门上。

他跑到窗前，一眼就看到那匹母狼。它站在楼前空地，抬颈发出一声迟缓而起伏的啸声。那是一种不现实的声音。叫声中包含的讯息绝不仅仅是对幼崽的呼唤。停声后，整座营房毫无响动，围墙后的军犬和十几条土狗也悄无声息。夜暗拢聚在有限的四五盏路灯之上。

就在整个玉其塔什死寂之时，他看到吉尔吉斯斯坦在会晤时送给连队的一条当地犬突然从暗处冲上了空地。那条吉尔吉斯的狗嘴又短又方，身形高大，近两年得了血栓，总是摇头晃脑。走路、吃东西、睡觉，脑袋都摇得停不下来。他们以前叫它狮子，后来管它叫摇摆。

狮子冲向那匹狼时，那匹狼正失明一般地站在原地，只在狮子扑上来的一刻，它才弯背跃起，想一口咬住狮子的喉管，被狮子坚硬的爪子挡住。但狮子还是受到猛烈撞击摔在地上，发出刺耳的尖叫。与此同时，那匹狼的全身肌肉鼓胀，在下颚前伸的一瞬间，像倾翻的铁水浇向狮子。几分钟后，狮子石块般的脑袋砸到地上停止了晃动，身体抽搐不止。而那匹狼的前肢和前胸沾满血，尾巴像铁棒向下斜插，紧接着放慢了速度却毫不迟疑地再度跃起，就在它爪子要穿透狮子肋骨的一刹那，狮子翻过身去，用前爪划开那匹狼肚腹的同时，脖颈被狼牙穿透。

狮子躺在灯光下。那匹狼注视片刻才绕过狮子，迈出步子向楼里走来。脚掌踏着血液，肚子下垂。它进楼后不久，整栋楼里的人都听见撞击造成的闷响。起初是一声，接着两声，随后撞击伴随玻璃碎裂的响声越发密集，像他某次巡逻，听见风化的角岩塌落空谷。

撞击声停止十几分钟后，有人带枪开门出去看。一楼门前墙上的军容镜碎裂在地，残留的镜片和墙壁上沾满血渍。那匹狼倒毙在镜前。它以为镜中还有一头狼想要它的命。

第二天清晨，指导员带着他和另外三个班长开车往边境铁丝网的方向走。到了铁丝网跟前，他们拿上镐头跳下车，挖了两个深坑。

雪被大风吹得失去了黏性，沙土似的迸发撒落，发出簌簌声响。山谷里，扎堆的十几间土房子像草丛里褐色的冰块等着消融。空中，熟悉归家之路的受了潮的燕子，从远处返回陡峭的斜坡。

当看到土屋里渗透出的光亮，他收回目光，和龙虾一起继续挥动镐头和铁铲。狮子是他埋的，他在那堆土块上拿些石头垒了一座三角形小塔。而旁边埋两只狼的地方，这会儿仅存凹陷的坑洞。狼的尸体就像它们的粪便难以寻见，不管埋在哪儿，狼群都会找到，刨出来带走。

龙虾挖到了狮子的骨骸。

他探下身，拿起一块细长的石头在泥土里拨弄。

狗的髀骨能管用吗？龙虾扔了镐头问他。

这是狮子。他说。

连队里有些土狗会因为人的靠近而凑上前吠叫，用嘴去蹭拿着半块馒头一个鸡蛋的人，狮子从不这么做。它只在哨楼旁吃值班员送过去的餐食。他看它有时啃咬野草，细得几乎尝不出味道的草茎。有年八一节，连队和牧民摔跤比赛，眼看他被一个老乡摔倒，狮子从后面匍匐过来，偷袭了这个老乡。听说几天后老乡在连队门外路边放了一块有毒的肉等狮子来吃，它没近前。

狮子比那头狼晚好几个小时断气。他们把狮子抬进一楼避风的地方，它舔了舔端到脸前的火腿。它还想找回点力气，好活着回味刚才那一幕。

下山那天，山脉之间的巨型峭岩已被雪封裹。路上的积雪随风翻飞，将窄小的河流填得快跟河岸一样平。影影绰绰的即将隐没的太阳，像一颗果冻落入炉灰。

他骑着一匹老乡家的马，抄近路翻过达坂。那座山被风化了，土松，平时上一步滑下来半步。现在盖上雪，反而好走不少。雪碴子飘落下来，微微发亮地在空中颤动。他盯着那些闪光银屑。要是山顶的一角雪塌下来，就会像运沙船上卸沙子似的泻下来把他活埋。那他只能连带着马倒下，在雪窟窿里又挖又刨，扒出一条堑壕。如果他还有意识的话。他前倾趴在马上，抓紧马鞍，不时勒动缰绳避开某处塌陷发灰的积雪。

出山坳刚拐上往艾尔热曼乡走的路，他就听见在白茫茫寂静里，有一种轻微的、奇异的声响。一开始他以为是马蹄踩破了冰，继而又在心里产生了恐惧的念头，会不会有狼跟在后面？他在阴沉沉的天光下扭过头看了一眼，发现不远处有一个灰点，正在雪堆上弹跳。那个灰点的体积，让他胆子稍大了些。等那个小东西一蹦一跳地近前了。他心里颤动了一下。那是连队养的一只叫费丽尔的小哈巴狗。

他爬下马，从雪堆里抱起费丽尔。费丽尔扁平内陷的脸上和全身结满冰霜，只有一双小黑眼睛闪耀出亲昵和信任的目光。它从连队跟出来这么长时间，竟然走到伊阿梁村时他才发现。费丽尔在马鞍上缩成一团，耳朵在一阵阵袭来的风中哆嗦着。刚才几个小时的雪路让它精疲力尽，毛发结冰后封存了体内的热气，以它目前的体力，融化板结的皮毛已经不可能。

走到舒莱姆家时，费丽尔的眼睛已睁不开了。

他把费丽尔抱到舒莱姆家的炉子旁边放下。舒莱姆的妻子过去蹲下碰了碰费丽尔的鼻头。

去年费丽尔怀着孕跟他们进山巡逻。帮老乡搭马草棚时，一个士官扛了根木头，突然一个转身把他打晕了。是费丽尔整夜趴在一旁舔他的鼻子和面颊。一下山，费丽尔一口气生了十一只小崽，他掏出一床自己的褥子给小崽子们垫窝，被龙虾他们称作英雄父亲。

英雄父亲。那时他根本不知道丫头的病需要手术。

他没有太多时间停留。他让这个胖乎乎的妇人转告舒莱姆，抽时间把费丽尔就近埋掉，但埋它的地方要做上记号，不要忘了。

离开舒莱姆家时，雪落得更密了。他想到等龙虾这一批复员的战士下山时，乡里的推雪车就该开上来了。他下山之前，龙虾他们已经在收拾行囊。平日里跟龙虾关系好的几个大头兵，那几天老缠着龙虾叽歪。

走，哥带你们干大事去。龙虾说。

干啥去？有人问。

去小店买辣条。昨天去了趟小店感觉啥都想买，要是钱再多点哥能给它包下来。

过会儿龙虾他们回来，兜里揣得鼓鼓囊囊跑去地下室了。他过去的时候，他们正在传一瓶饮料，一人一口。手里拿着老婆饼、鸡爪子。

班长，你回去干吗？有人问龙虾。

回去捡蚊子屎卖。龙虾说。

他摸出一包烟散给他们。

当新兵太馋烟了。烟给没收以后，老低着头看地上有没有长一点的烟把子，妈的腚沟子快夹着头了。龙虾说。

屁。就你没少捡。他说。

捡个毛。龙虾伸长脖子喊，你抽完了烟都往缸子里头泼水、吐痰，日把颃得很。

龙虾跳起来模仿他带兵时说话的语气。想抽烟？走……来！带你俩去厕所开个包间抽啊。

一辆车从他身旁慢速驶过，车后头放着两只羊，几根交叠的细腿从后厢盖下头硬邦邦地撅出来。车灯像飘忽的蜃气远去，他的马还在迟缓而有力地迈动前蹄。

坐在手术室门前的下午，他的妻子和娘家人三五结伴，站在楼道拐角低声交谈。他卖掉了县上那套房子，送父母回到乡下老屋。父母把攒着应急看病的钱取出来给了他。

医院的气味叫他想起三十岁生日那天，一瘸一拐去十二医院皮肤科看病。大夫说他脚上长了一个鸡眼，让他去隔壁诊室用激光烧掉。那时他第一次见到妻子，戴口罩的妻子。他们在一股肉煳味中交谈。当第三次去找妻子烧鸡眼时，他还记得她揭掉纱布，看见他伤口时的神情。她向科室请了假，陪他去总医院看诊。大夫对她说，你老公这不是鸡眼，是掌跖疣和烧伤，要冷冻治疗。

在准备孩子入院手续那天，连队来电话，说龙虾在几个赌博的地方分别欠了债。龙虾以为复员费足够还账，还能剩下一点回去对付家里，但对方记账的方式和龙虾想的不同，债越滚越多，龙虾把复员费全还上还差对方三万块钱。龙虾在艾尔热曼乡招待所里喝了几口农药，跑去卫生所吐了一夜。他二姐从老家赶来，清了账，把他接走了。

之前龙虾向他发誓，再赌就不得好死。微信签名也从"晴天

崴脚 雨天跛行"改成了"再赌球就剁手剁脚",怎么还是出事了？他不知道文书来电话除了问询情况有没有怪罪他的意思，连队主官是不是认为他失职了。仅就作为朋友来说，他也感到难过和自责。

这通电话之前，他还很反感龙虾频繁提到钱和女人。直到听说喝了药，才明白这两件事对龙虾来说，就像这场手术对他和妻子而言一样。他怪自己只想孩子的事，忽略了对龙虾近期动向的观察。难道龙虾没有三天两头地和他哔哔，是自己想尽快多弄些钱回家讨个老婆？

龙虾常对他发牢骚，他们县在一九九〇到一九九八年那会儿，老有人家生了女孩不是卖掉就是扔到公厕的粪池子里。结果现在村县里的男人娶不到媳妇，媒人一进家门先问，你家房子是分期还是咋买的？嫁过来一起还房贷还是男方父母帮着还？在当地，两套房是父母必须给男孩准备的，好比义务兵必须当两年一样。

龙虾在微信里试探和他谈恋爱的女孩，愿不愿意结婚，女孩回复他：是舞不好跳吗？游戏不好玩吗？酒不好喝吗？他劝龙虾和这个女孩分开，龙虾苦恼地摇头，告诉他，自己已经给这个女孩花了很多钱，羽绒服、手机、钻戒……和赌博一样，投入越多，越期待再投上一点就能回本。

龙虾刚下连不久的某天，山口里刮大风。连队楼前空地上的工梯、篮球架都刮跑了。连队门口有一棵矮小的松树，是他们巡逻路上捡回来栽上的，也被风刮跑了。龙虾一个人跑出去撵了三公里，才把树拖回来。

你撵回来栽上也活不了。他说。

就算今天栽了明天就死，还是想撑回来。龙虾说。指导员不是说了，谁在苏约克种活一棵树，就给立个三等功，立了功我好讨老婆。

龙虾从山下带了营养液上山，在他的指点下给那棵松树缠上输液器，按天为它打点滴。龙虾在松树旁又挖了个树坑，等哪天巡逻再碰到一棵树带回来栽上。过了些天，树坑里面存了点雨水。那天他和龙虾从山里的训练场回来，两人脱了鞋袜，脚往坑里一伸，和那晚上把脚泡在羊血里一样舒服。

舒莱姆讲过一个克族人都知道的笑话。说以前老鹰很怕猫头鹰，就讨好地问猫头鹰，猫头鹰大哥，您这么魁梧的身材是怎么练的？猫头鹰说，我不是壮，是毛多。老鹰不信，从天上俯冲下来抓了一把猫头鹰，发现确实毛茸茸的。以后老鹰再见到猫头鹰，就直接把它吃掉了。

他站起身，看手术室前的人来回走动时想，要是也给那个猫头鹰一块狮子的髀骨，会不会结局不同？

他预备上山的那天是小年，团里的送菜保障车也在那天下午上山，送元宵节前的最后一次补给物资给连队。

他帮司机给车胎安上防滑链，跟车上了山。他估摸连队接菜的人这时也出发了，只有这时出发才能赶在夜里十点左右回去。快过年了，也讲个十全十美。乡里推开的路只到离连队七八公里的地方，大车把菜卸在老乡转场走了没人住的房子里就要下山。他从车上往下搬罐头箱时，连队人也牵着马到了。在其中一匹马背上，他看见了费丽尔。

有人告诉他，他把费丽尔放在舒莱姆家的火炉边走了以后，舒莱姆的婆子就去外面做酸奶。回屋时，发现费丽尔不见了。舒莱姆第二天给连队打电话，说费丽尔可能被什么东西进来叼走了，连长这才告诉他费丽尔已经回到连队。

他走过去摸了摸费丽尔，感觉它比那天他从雪里抱起来时看着要大，也要沉一些。

几个年纪轻的兵嚷着这一趟过来给走饿了，从尼龙袋里摸出一个西红柿就啃。西红柿纹丝不动，皮上留下两个白印。他们又拆开奶箱子要喝包牛奶，掏出来一看已冻成了冰。老班长们笑起来，说这个事早就上过新闻。边防连队的牛奶不是喝的，是撕开塑料袋当冰棍舔的，蒙牛看到报道还派人送来十几箱子酸奶慰问连队。有个兵撕开一包牛奶嚼着吃起来，其他几个人也一人一包拿着用牙咬。他有点渴，但不敢吃。上山之前刚找海比尔的爸爸给他清了后牙槽上的肿包，上了消炎药。

他们先挑容易被冻裂的菜，像鸡蛋、咸菜罐头之类的往背囊里装。装满了就用背包绳捆起来绑在马背上。连队的十三匹马都牵出来了，要给它们装二十几个背囊。每回马都不想驮，来回打转。

他那匹马兜了两圈，不肯让他放物资，他扛起背囊往马背上放了两回都不行。他放下背囊，上前去抱住马脑袋想稳住它，结果一使劲把马放翻了。马倒在雪里甩着蹄子发出嘶鸣，他趔趄上前，就着旁人搭了把手将马拽起来。马刚站稳，他就把背囊压上马背。正在用铁丝扎紧时，这匹马打了个响鼻，往站在前面的一匹马屁股上喷了一股热气，惊得前面的马一下炝起蹶子，猛地来个后踢把它又踹倒在雪里。背囊从马背上滑下来。他有点担心给舒莱姆和穆哈吉尔带的两套气压拔罐器摔坏了。

苏约克这个地方，冬天上午一丝风都没有，到了下午就狂风暴雪。连队的推雪车在前面推，铲斗车在后面铲，刚整完的路十分钟后扭头一看又刮没了。

从老乡房子出发时，他还骑在马上，走了近四公里，马累得一下跪倒在雪里。他的脚刚离开马镫，整条腿就掉进雪里。雪把他的裤裆卡住了，脚底下没根使不上劲。但这回和舒莱姆笑话他的那次巡逻不同。现在他知道不能着急扒拉，要是把四周的雪捂紧了，又没人给他架出来，那一拔脚，鞋子就又进去了。整个胳膊伸进去还够不着，得半个人钻进雪里去掏鞋子。这会儿他弯下腰，把上身放在旁边一块夯实点的雪堆上，重心前倾，游泳似的慢慢把腿拉了出来。

最后不到一公里的地方，大伙都下了马。卸掉了一个人的重量，又看到连队的灯光，十几匹马都跑了起来。马蹄扬起雪尘，像小木船闯入一排摇曳的巨浪。

他们进连队时，连长迎上来拍拍他，问他家里的情况。

好着呢。他告诉连长。

他还想给连长说，他找了开矿泉水厂的浙江老哥。老哥在阿图什市里联系了一家物流公司让龙虾先送着件，等水厂建起来，叫龙虾上山负责取水管道的维护。坐火车来的路上，他刷到龙虾新发了一条朋友圈——最近情绪不好老是跟我家小仙女吵架，态度不好，最严重的是情绪化删除了她，她现在不肯原谅我也不肯再加我，我深刻认识到自己的错误了，希望朋友们能帮帮我，帮我点九十九个赞让她看见，让我家小仙女原谅我，九十九个赞，谢谢大家了，我一定会改掉自己的暴躁脾气，请大家监督。底下有几个连队很贴着龙虾的义务兵点赞。还有他的妻子，给龙虾点了赞，连发三朵玫瑰花的表情。妻子和龙虾看起来状态可以，起码外人会这么想。

这时一个人在前头大声叫起来。这个小伙子把两箱鸡蛋用背包绳捆好放在马背上，走了一路箱子湿了，底座的垫子掉了他也不知道。刚才发现鸡蛋都漏光了，剩两个空箱子。

几个人跟着连长跑进楼里，过会儿拿着笤帚、扫把又冲进了雪夜。

他跟在费丽尔后面，第一个捡到鸡蛋。那个鸡蛋摔破了，蛋清和雪冻在一起，拿在手里像个馒头。乖乖。他心想，世界上还有苏约克这么个地方。

第二天一早，舒莱姆和穆哈吉尔骑马来连队，交给炊事班长两个大口袋，一个装取暖烧的木炭，另一个装米面和青菜。

他摘了围裙，脱下橡胶袖套从后厨走进前厅，跟舒莱姆和穆哈吉尔打招呼。

昨晚上驮菜的时候想起来个事。他说着冲舒莱姆走过去。

啥事？舒莱姆问。

上回你骑小电驴摔了，胳膊上这么深这么长的一道口子，是谁给你缝上的？他说。

你咋样缝的？在一块猪皮上练了三次就过来给我整。舒莱姆说。

你咋知道我拿猪皮练的？他问。

舒莱姆笑起来，走上前揽过他的肩膀。

我什么都知道。昨晚上你想我呢，我们也想你。舒莱姆说。

舒莱姆和穆哈吉尔昨夜进山寻马时发现一处狼窝，里面有三只新下生的小狼崽。

　　穆哈吉尔想掏一只带走，舒莱姆不同意。离开时，两人合力推过来一块石头把洞口堵上了。

　　给你留着。舒莱姆对他说。

　　你不知道，他说，有比那个东西更厉害的。

在阿吾斯奇

云霭封锁了雪峰之间偶尔显露的天际远景。阴冷彻骨的北风越刮越大。靶场上掀起沙尘，落到正在一座墓地上挥动铁锹、铁铲的几个人身上。他弓起背使劲铲开沙石，刨飞的陈土打在旁边人的衣裤上嘭嘭作响。七八个人手脚不停地挖了一个多小时，才在坑深两三米的地方碰到棺材。停顿几秒，大伙儿放缓的动作又快起来，知道要抢在暴雨之前将遗骸装箱。

露出棺盖时，站在几米外的一家人走到近前。

这家人是埋在靶场东头这位烈士的家属。来靶场之前教导员跟他讲，二十世纪七十年代连队骑乘巡逻，一个战士的马在山口甬道的雪崩中受惊。被甩下马背的战士一只脚被马镫挂住，拖行近一公里才挣脱，事后昏迷不醒，等不及送下山医治人就没了。当时连队给战士老家的民政局拍了封电报，一个月后民政局回信给连队，表示家属已知悉，并转达将孩子葬在连队的意愿。上个月，这位烈士的弟弟辗转联系到团部，说想来接大哥的遗骸回家。

开棺前，教导员松开铁锹向一旁伸出手。一个战士从上衣兜里掏出一小瓶酒递过去。教导员拧开盖，单膝跪地，将酒瓶高举过头顶后倒出酒来洒在棺盖上。起身时掷开瓶子，大喝一声。战士们扔下手里的家伙跟着教导员跳进坑里，上前弯腰抬起棺盖。

拾捡骨殖装箱时，烈士的弟弟跪倒在地，放声恸哭。他低头看见烈士脚上黄胶鞋的布面已经风化，橡胶鞋底还在。

阖棺前，他爬出坑外。烈士的弟弟上前将他从地上搀起。看他站稳了，松开手倒退两步，向他鞠了一躬。

雷声滚过，空气里潮乎乎的土腥味刺鼻。教导员让正准备回填土坑的战士们赶紧收队，和家属一同返回连队。

开饭时间已经过了，通信员热了饭菜端上桌。教导员把一盘鸭架子换到他面前。

"营长，来。"教导员冲他扬了下下巴。

他摆摆手，起身盛了碗汤。

"您是这儿的营长？"烈士的弟弟问。

"忘了介绍。"教导员说，"这是南疆军区来指导工作的殷营长，他弟弟是咱们连队的三班长。"

"那这正好能跟兄弟见面了。"烈士的弟弟说。

"三班长现在正在总医院住院……休养好了就回来。"教导员说。

"生病了？"烈士的弟弟问。

他拿起盘子里教导员掰剩下的半块馍，没作声。

"中午你们先休息。"教导员拿给烈士的弟弟一个苹果，"下午把行李证明给你们，不然那箱子过不了安检。奎屯那边的殡仪馆也联系好了，你们到那里转车，先火化了再带回家吧。"

"教导员，听说还有个'烈士'埋在这儿？"烈士的弟弟问。

"嗯，有。"教导员说，"一个从北京来的同志，七十年代到的克拉玛依市人武部，有段时间就在我们这儿的牧区支农。当时这边和苏联经常有矛盾，为了边界的事扯皮，闹人命。他了解情况以后说，等我死了就把我的骨灰埋到争议区去，以后划定国界，再把我圈进来。"

"一九七九年的时候……"教导员说，"比你大哥再晚几年，这个叫李明秀的人就因为肝癌过世了，临走之前再次给家人交代，说务必把他埋在阿吾斯奇的双湖边上。这样国家可以拿他的墓作为一个方位物，作为边防斗争的一个证据。你们也知道，那个年代几乎没有火化的，可李明秀就是火化了以后，家属再从克拉玛依给送到这儿来。离过年还有不到十天，连队派人带过去埋了，原地竖了一块石头板子。"

"那后来圈过来没有？"烈士的弟弟问。

教导员在桌上横着画了一道，说："本来以前两边的实际控制线是以两个湖中间的丘陵为界，我们管南湖，北湖是人家的，之后北湖也划给我们了。二〇〇五年军区给他重修了墓，立了大理石碑。我们每回巡逻路过，战士都上前敬根烟，清明全连过去扫墓。"

"唔，真是个人物。"烈士的弟弟说。

"你也够能的。"教导员说，"当时我们想找李明秀的资料，托人去克拉玛依武装部、民政局、法院、档案馆，能去的地方都找遍了，愣是没档案、没记录，连张照片也没有。你哥牺牲那会儿我们就往你们老家发了封电报，没想到隔这么些年还能再找过来。"

炊事班后厨响起水声。连队军医端着饭盒走出来同他们打招呼。

"军医，来来，"教导员说，"过来吃点。"

"我吃过了，你们聊，你们慢聊。"军医把饭盒放在一张空桌上，从饭堂前门出去了。

"阿吾斯奇的军医。"教导员说，"老同志特别痴迷书法，每回写字都误了饭点。"

回到招待室，他听见沙发背后的窗户被风撞得嗡嗡作响。四月末，南疆的白天已经热起来，北疆山上还潮湿阴冷，棉被盖在身上又潮又重。这两天中午他都没睡。

上午去水房找工具时教导员拦住他，说人手真的够了。他还是过去拿了把铲子，说就算是代弟弟出力。

这两年不知说过多少回要来阿吾斯奇，可想不到有一天在这儿了，会是帮小弟收拾放在连队的被褥衣物和储藏室的行李，然后带走。

去年阿吾斯奇的雪下得早、下得多。连队自己烧锅炉，攒的煤渣子多了没地方放，入冬前就找乡里派拖拉机来运煤渣。拖拉机上山的时候没油了，驾驶员给连队打电话，说车没油了，让人快给送来。当时连队门前正好停着一辆兵团上来慰问的车，小弟一听就拿上一桶油，开着那辆皮卡去给拖拉机送。路上，小弟将皮卡车停在窄道边，跑下去找拖拉机。送完油顶着风雪往回跑时，对面驶来一辆拉粮食的大半挂车，司机没刹住，车头把皮卡车推出去十几米远，小弟当时就站在车斗后边，被撞进砌在路边的雪堆里埋住了。

上午那个人朝他鞠躬时，他第一反应是应当感恩、知足。相比那个人的兄弟，小弟至少还活着，至少将来睁开眼是躺在一张干干净净的病床上。

他拿起热水瓶冲了杯茶，起身拉上窗帘。这时屋门被推开，教导员走进来。

"想着你就没睡。"教导员仰倒在沙发上，歪头盯着茶杯口冒出的热气。

他将茶杯端到教导员跟前，走到另一侧的单人沙发前坐下。

"我跟指导员说了，下午你跟他们一块儿去巡逻。到界碑看看，你弟去年刚带人上去描的字。"教导员说。

他点点头。

"你弟带的就是下午去巡逻的这个班，三班。"

"他跟我说过，三班都是他兄弟。"

"你弟天生是带兵的料儿，在连队很有威信。"

"是你们把他带出来了。"

"惭愧……"教导员小声说。

"中午见的那个军医……"他说，"是不是姓沈？"

"对，认识老沈？"教导员端起茶杯吹吹，抿了一口。

"听我弟说的，军医给过他很多帮助。"

"老沈确实热心。快五十岁的人了，工资比政委还高，很多事糊弄着来也不会有人追究，但是他不，连队的小孩都愿意找他，有病看病没病咨询个事，我有时候也找他，他读书多，啥都知道。"

"就是这样的人越来越少了啊……"教导员放下茶杯，靠在

91

沙发上出神。

　　坐在勇士车的副驾驶上向外看，雨前灰暗、阴沉的天空，已经被清澈明亮、瞬息万变的光芒冲破，无垠无底的草野上闪耀着星星点点。

　　"营长，这是您头一回来北疆边防吗？"指导员在后座问。

　　"对。"他说。

　　"南疆那边的边防什么样？"指导员说。

　　"挺高的，每年上山驻训的平均海拔都在三千米以上。"他说。

　　"那您出过国吗？"指导员说。

　　"去年夏天我们在塔吉克斯坦搞了一次联合反恐演习。"他说。

　　后座一阵惊叹。

　　"塔吉克他们强吗？"指导员凑上前，扶住副驾驶的椅背。

　　他一时不知道该从何说起。当时一个加强连从旅部机动到谢布克，再到白苏尔，从清晨一直到后半夜两点多才把车队开到塔方营区。零点多，他那辆车后座上的人都缺氧睡瘫了。驾驶员困得直点头，他在副驾上也迷糊了。到古米其帕峰脚下的一处平坦地，车开着开着就不走了。醒来时他才发现驾驶员把着方向盘也睡着了，车队的尾灯已在山腰处闪烁。

　　到宿营地已是凌晨三点多钟。全队人从车上下来开始卸车。那是一块种土豆的地，干干的沙土地。

　　"去那边演习，他们就准备了一块空地。"他说，"第二天起床，我们先搞了一个赠送仪式，把带去的帐篷送给他们。送完领导还要我们过去指导安装，说那边的人不会搭帐篷……"

　　"不会搭帐篷？"一个二条兵插嘴。

"他们平常不配发帐篷。"他说,"我们刚把示范帐篷搭好,一个班的人就进来在地上高高兴兴地铺毛毡,铺完往地上一躺。当天晚上下了一场大雪,帐篷顶子都被压变形了。一问,他们也是在地上睡的。"

"那他们平时吃什么?"指导员问。

"一天两顿土豆糊煮鹰嘴豆,每个人背包里都装着烤玉米饼子。我们带了煤上去,自己煮奶茶,炊事班还做了鸡腿、牛肉、揪片子面汤……"

"怎么不买着吃?"还是这个二条兵在问。

他向后座的人解释,说塔吉克斯坦的战士看到中方的士兵抽烟,非常惊讶。在塔方,只有官衔上有一定级别的军官才抽得起香烟。在小卖部,塔方的战士一根一根地买烟,糖也是,一次买几粒装到兜里带走。中方的战士一次拿走几条烟,糖果按公斤买。演习结束时,周围离得近的小卖店几乎被买空了。他记得店里最好的威士忌是人民币一百块一瓶,一百八十块两瓶。

车厢里又一阵惊叹。

"那他们的武器呢?"指导员问。

"武器……单兵素质还行。"

"也有实战能力,强悍。"他又补充一句。

"那我们的优势是什么?"指导员问。

他一时没答话,脑海里却晃动着那时的情景。

那中间某天,一个塔吉克老汉和一个穿着二道背心的女孩,牵来一头驴子卖给炊事班……

"优势?"他这才答腔,"优势不就是你吗?"

"我?"指导员说。

"指导员和教导员不就是优势？他们训练完做祷告，我们就找你们啊。"

"教导员可以，我不行……"指导员笑着说，"不过我们有军医，他是阿吾斯奇的优势。"

"快看，营长！"一个战士抱着枪站起来，头盔撞到车窗上。

他顺着战士手指的方向，看见几匹棕黑色的马伫立在山坡上。

"那是班长养的马！"旁边的战士摇下车窗玻璃，头伸向窗外朝着那几匹马吹口哨。

"前年和哈方会晤。"指导员说，"我们骑过去的伊犁马就像人家马的儿子，哈方拔河用的绳子也比我们的绳子粗了一倍，几场比赛我们都没占上风，后来三班长上去找他们的人单挑摔跤，摔赢了，他们才给我们鼓了一次掌。"

"那他跟你们说过，他去俄罗斯给普京表演吗？"他苦笑道。

"班长和我说过！"二条兵大喊，"班长去看了克里姆林宫，然后走总统办公室的特殊通道去的红场。"

"普京也会武功？不是跆拳道吗？"有个一年兵问道。

"普京很相信少林功夫，听说前些年，还曾把两个女儿送到少林寺学了一个多月。"他说。

小弟被送进少林寺那年，他正在高三复读。当时村里有户人家的小孩，每天不去学校，跟着小混混跑，家里管不住了就想把孩子送去少林寺的武校。小孩的父母在村里打听，问谁家小孩愿意做个伴，学费和生活费由他们家管。村支书牵了个线，带那家人找过来……

在少林寺的六年间，小弟给他写过几封信。第一封信是讲同村的那个小孩为什么回去了。小弟在信里说，他们每天早上四点钟起床，穿上沙袋背心、戴上沙袋绑腿就跑出去冲山。冲半个小时再回学校跑圈，一公里三分钟跑完，每天每人跑五个一公里。吃过早餐，教练会带他们去练蹿腾跳跃、拳术和器械。同村的小孩拉拉筋、压压腿还可以，下叉、下腰就不行了，老被教练拿木棍照屁股上打。打疼了他就大骂教练缺德，骂完又挨打。折腾不到两个月，同村的小孩就被家里人接回去了。

头三年武校学习阶段，小弟只跟着学校休寒假，每年暑假都和师兄弟在外实景演出，挣到的酬金用来抵在校期间的学费与生活费。

二〇〇九年，小弟在给他的一封信中说，少林寺受邀参加第一届俄罗斯国际军乐节，普京总统亲自接见了他们。在莫斯科，小弟参观了总统办公室，还去听了一场歌剧音乐会。在红场，好多人围着他们喊"斧头、斧头"，师兄跑过来让大伙儿摆动作，说这是想跟他们合影的意思。

信的后半部分，小弟提到身边很多师兄弟已开始寻求未来更好的出路。有的师兄回家乡办武术培训班，有的去给企业老总当保镖。和自己关系最好的同学去拍了电影《新少林寺》，拜入香港洪家班门下，以后待在横店当专业替身。小弟说，他有两条路可选，一是美国的签证没有到期，大师兄推荐他去曼哈顿的华人街当私人武术教练；另一份工作，也是自己比较倾向的，是和同班一个德国同学回他在巴伐利亚的老家支教。信的末尾小弟问他，到底是选美元还是欧元。

他那会儿已在南疆部队当班长，深夜趴在锅炉房的地上给小弟回信。信中写到童年时奶奶家的老屋，晚上到处是老鼠的叫声，夏天雨水大，室内的积水漫到脚脖。哥儿俩每天吃的面饼磨嗓子，印象中最好的一顿饭是猪油酱油热水泡煎饼。奶奶家有两只羊，每天奶奶都背着筐出去打草。有一天因高血压晕倒在地里，他们俩就在那块地旁边的土路上滚轮胎，毫不知情。

他还写道，有一年春节，他和小弟一早去给长辈们磕头拜年。当时小孩磕头，一般人就给一两块钱，五块钱就相当多了，十块钱得是相当亲近的关系和父母有相当大的面子才会给。那一年他磕了几十个头拿到十几块压岁钱，转头让村里孩子拿一个玻璃球和一个哨子给骗走了。回到家里，奶奶问他压岁钱在哪儿，他编谎话说丢了，奶奶就叫他脱了衣服，跪在桌上。他记得头顶的墙上有块壁镜，壁镜让小弟打碎了，留下几道裂痕。罚跪的时候，他一直瞅着那几道裂痕。没过多久小弟跑回家来，拳头和脸上都挂了彩。小弟从兜里把那些压岁钱掏出来放在桌上，跪下给奶奶磕头，说快让我哥穿上衣服下来吧。

他在信里拉杂说了两页纸才切入正题。他说，希望小弟参军，为家庭争得荣誉。小弟练过武功、见过世面，进部队立功受奖的机会比他更多。尽管他几次想通过特种兵比武获得提干机会，现实中却总差了些运气。

信寄出后的第三个月，小弟入伍进疆。先在团里的步兵营待了几年，后被调往阿吾斯奇。

二十八号界碑与哈萨克斯坦的边防哨楼毗邻。那一带早先是苏联的地界，齐踝深的草丛里遍布铁丝绊网。车开不进去，人走进去稍不小心也会摔倒。

走过一截铺着碎石子的土路快进草滩时，指导员招呼大伙儿停下，各自检查裤腿和袖口是否扎紧。指导员向他解释，草丛里有一种叫草瘪子的虫，专把脑袋钻进人的肉里吸血。只要它的头钻到肉里，除非拿打火机烧，否则弄不出来。

"弄不出来会怎样？"他问。

"哦吼！那一块肉都会烂掉！"二条兵叫道。

指导员拍了一下二条兵："咬过你吗？"

"咬过我班长啊！"二条兵嚷起来。

二条兵扶着被打歪的头盔，缩着脖子从指导员身边小跑到他斜后方，调换步速慢慢地跟上他。

"报告营长，上回班长带我们来给界碑描红，他真的被咬了。"

见他没反应，二条兵沉下脸，正了正头盔。

"营长，我亲眼看见的，班长小腿那一块都烂了。"

二条兵向他描述，去年小弟带他们从界碑回到连队，正赶上澡堂开放。洗澡时，大家起哄围住二条兵，说要排队给他搓澡，因为他皮肤又嫩又白，摸上去像妹子。大家开玩笑的时候听见小弟骂了一句，说他刚搓掉一只草瘪子。过了半月，小弟腿上被咬到的那一块开始红肿溃烂，到团部卫生队处理了伤口，又打了很多天消炎针才见好。

"正常。"他说，"他身上有各种各样的伤。"

"班长说他在少林寺的时候没有买保险，有病就自己治。"

"更牛的是他把连队的二号马都治好了。"二条兵说，"那匹马他们不会骑，马鞍子绑得太松，骑久了以后把马背颠破了，就有草瘪子钻进去，生了好多蛆。当时卫生队的军医都说这匹马没救了，但是我班长不肯。他打电话去问沈军医，用盐水和强碱给这匹马清洗伤口，又找当时在连队的军医给它缝上。这匹马长伤口的时候特别痒，喜欢撞墙去蹭，我班长怕它把伤口又撞开，就搬了一个马扎坐在马厩里看着它。那匹马好了以后不让任何人骑，除了我班长。"

"待会儿去看看那匹二号马吧。"他说。

"班长下山的那天晚上二号就跑了。有牧民在山里看到过，说它一直在疯跑。"

二条兵说罢从他身旁跑开，冲向界碑下的一块芦苇滩地。

界碑立在紧邻铁丝网的一个小土包上，坡下围着一片比人高的芦苇，地下水汩汩向外冒。

他跟在战士们后边深一脚浅一脚地走。他断续听见战士们讲去年在前哨点遇到跑过来躲雨的哈方军人，两边的人都把枪坐在屁股底下，一起吃泡面……各说各的语言，各打各的比画……又说到小弟在前哨点杀鸡，先砍一刀，那只鸡闭上眼不动了，刚把刀一放，那只鸡跳起来就跑。小弟追上去补了一刀，那只鸡还在跑。小弟干脆扔下刀抄起一根棍子去追……

太阳当空，界碑上新描的红色字看起来醒目极了。哈方一辆吉普车从铁丝网另一侧疾驶而过，战士们纷纷看向西北方向，低声讨论那边的暗堡里是否有人正在盯梢。这时有人在旁喊了一句，大家紧张地看过去，一个战士蹲在草丛边，拎起一个东西。

"这儿有一个快递袋！"战士说。

"哦吼！有地址吗?"二条兵三两步跳过去。

大伙陆续围上前，捏着那个灰色的塑料袋互相传看，窃窃私语。

他站在界碑前向四周远望，阳光在光滑舒缓的大地上流泻。

即将栽种新作物的大片黑土刚刚犁过，有雨水未及冲净的耙痕。他跟指导员打声招呼，转身从来时登上界碑的另一边侧路往下走。

高大的榆树投下阴凉，水声冲掉了野蝇的嗡嗡声。他目送眼前这道铁丝网向前蜿蜒。

晚饭后，通信员带他去了连队的储藏室。到那儿才发现，小弟平日就把自己的箱包收拾得很利索，根本不需要他再做什么。

小弟的箱子里有罐奶啤，他摸出来打开喝了一口，盘腿坐到地上。周围这么多的箱子里只有小弟的箱子把手断了，用一截尼龙绳和胶带缠了一个替代的。这还是小弟第一年休假，他在火车站外的小铺里买的，让小弟把肩上那只带要磨断的背囊扔掉，行李都收拾到这只皮箱里。这些年，小弟在武校演出赚的钱及在部队发的津贴和工资，大部分都交给了奶奶，让她在老家重修老屋，添置家具。要是奶奶不照小弟的安排做，小弟就大发脾气。奶奶想把钱攒下来让他和小弟趁早成家，小弟总觉得家底太薄，还要等两三年。

他抬起头，白炽灯管频闪的嗞嗞声叫他突然一阵心悸，从去年冬天一直等到此刻才体会到的预兆。几年前，小弟和连队的人在后山给鱼塘架网，远处一道雷电打下来，从铁丝网上传导过来的电流瞬时打飞小弟手中的铁钳。小弟飞奔回连队，求连长把手机发给他。

小弟不停拨电话，均无法接通。

他已经近三天没吃过饭、合过眼了。为时七天，号称地狱周的国际比武选拔考核到了此时，原先的五十名候选队员只剩六人。他在其中。

小弟打电话找他的前一天下午，他和同伴被带往塔克拉玛干沙漠边缘的一座山谷。引导员将地图、指北针、枪、弹发给他们，告诉他们从此地出发，次日中午将在地图对角线另一端的山口接他们。引导员走后，他打开地图，发现地图中的这条对角线至少对应了现实中七八十公里的山地路程。

从仅容一人侧身通过的谷口进入，走了几分钟后，眼前是一带至少横跨十公里的谷地。空气湿润，草木幽深，阳光照射不透。地上有很多动物的爪印。他们进入不久，有人就从一棵倾倒的红柳树下找到了第一批给养。大伙听着从未听过的鸟鸣喝了几罐红牛，嚼着牛肉干向山谷里走。

凌晨一点半，他们在山脚的一处斜坡上停下休整。坡下有河流冲刷的痕迹。他提议原地休息六个小时，其间六个人分三班哨，两个小时一轮。他和其中一人站第一班，其余的人把雨衣铺在泥滩上，打开睡袋钻进去睡了。

山谷里下起小雨。他把枪塞到衣服里，坐到一块石头上。不多时，雨下大了，他和同伴从背包里掏出脸盆顶在头上，那几个人就躺在泥水里，叫不醒。两小时后换岗，他钻进水淋淋的睡袋，似睡非睡迷糊了两个多小时。突然，一个人大声说，这是什么声音？之后站哨的人大喊："快起来，发洪水了！"他从睡袋里爬出来时，发现距离他们不到两米的低地已变成一道河谷。暴雨倾盆而下，水位还在涨，将他们困在一块面积逐渐缩小的土丘上。

他找出北斗套进塑料袋，向外发送求救信息，但未得到回应。他们穿着白天的训练短袖，抱着膀子冻得意志全无。他想，如果当时选择在河谷的石头地上睡觉，那早不知道被冲到哪棵树上了。

早晨七点多，雨停云散。空旷地的面积稍稍扩大，却没有平地可走。他们把物资藏在一块岩石下，背上枪开始翻山。山上到处是昨夜洪水的冲沟。只让他没想到的是，那座山上去以后紧接着是另一座山，在山头和下一段空旷地带中间还有好几座山要爬。从早上七点走到下午两点，每个人脚上的陆战靴都磨烂了，才看到停在远处空地上的直升机。

直升机上并没有餐食和饮用水，只堆了几个背囊和投放箱。他们通过机务手中的北斗得知，现在几人集结为一个伞兵渗透队，即将在定位器鸣响时进行无气象资料、无地面标志和无空中引导的三无盲降。

背上十八公斤重的伞包，戴上头盔，穿好防弹背心，别起手枪，背起单兵战术背囊、步枪、夜间侦察装备。舱门打开，舱室的热气被寒风瞬间扑散，他从高空一千五百米处俯身而下。

不断失去高度的三分钟里，他看到古老的山脉阴面覆盖着白雪，阳面黑如山谷雨夜。大大小小的温泉泉眼腾起白烟。归家的羊群走在沟坎丘壑之上。

落到地面，伞刀撞破了他的下巴。随他第二个出舱的伙伴打不开伞，中途拉开副伞捡回条命，只摔折一条腿。

夜里，他安慰小弟时说到那把被击飞的铁钳，那是一个兆头，如果当时他拿起的是那个家伙的伞包，运气未必好。

小弟出事后第三天他接到电话。离他和小弟商量为奶奶立碑的日子只有不到一个月了。在那通电话之前，没有雷电，没有飞出去的铁家伙。

招待室旁的图书室敞着门，屋里有灯。他经过时，看军医正坐在长条桌前翻书。见他走进来，军医起身摘下老花镜向他打招呼。

"营长好啊。"

"沈军医……"他颔首示意。

军医做了个请他落座的手势，之后提着暖水瓶走过来，将桌上一个放了茶叶的纸杯拿到近前，倒上热水。

"下午去巡逻了?"军医问。

"指导员带着去看了看界碑。"他说。

"那个界碑离哈萨克斯坦的哨楼很近，你见他们的人了吗?"

"看见他们的车了，车速飞快，土都扬到我们这边来了。"

军医笑起来。

"今天你也辛苦了，上午还帮他们干活儿。"军医说。

"小事。就是觉得这家人也挺奇怪的，隔了四十多年才来。"他说。

"下午和教导员陪他们在连队里转了转，听这个人讲，他们父母不识字，早些年家庭条件也不好，没坐过车，从老家过不来。他弟弟一家子这回过来也不容易，路上光火车就走了三天，往阿吾斯奇走的路又刚化过雪，有些地方路都毁了，颠了快四个小时，吐了一路。"

"能找过来是挺不容易的。"他说。

"一晃都半辈子了。"军医说。

他点头。

"三班长的东西都收拾好了?"军医问。

"刚从储藏室上来。"他说,"想着收拾一下,结果也没什么可收拾的。"

"三班长能吃苦,能干活儿。"军医说,"有时候我在这儿坐着,他过来打扫卫生碰见了就聊两句,问看的什么书,书里讲的什么事……有一回说到连长让他当炊事班班长,他说这不就是个弼马温的差事吗?"

"当时也给我抱怨过,说不愿意下厨房。"

"我给他讲,毛主席的弟弟毛泽民,当年受兄长之托,也管理过一个学校师生的伙食。民以食为天,有的吃才有的干。战士们训练辛苦,最怕吃不好,全连队的嘴交给他,是觉得他行。"

"我还给他说过,别老觉得自己的出身不好,家在农村,自卑。"军医说,"你们'殷'这个姓,至少可以追溯到三千多年以前商朝帝乙的长子殷微子,那西安的帝乙路就是以殷微子父亲命名的。孔子临死前把子路叫来,对子路说自己是殷人,殷人就是黄帝的后人。营长,这么说来是不是很好?"

"很好,"他说,"真的很谢谢您……"

"不用谢,历史书上写的,不是我胡诌的。"军医说,"三班长有一回给我说你要他多看书,看啥书没给他说,他就来问我。我说平时你们训练那么忙,个人时间很少,既然要看就看好书。就推荐了曾国藩的传记和家书,还有大学士苏东坡的传记。曾国藩和他的兄弟连心,仗打得好。苏东坡和他的弟弟苏辙,两个人同朝做官,官做得明白,文章也写得好。苏东坡有一句话说自己,叫'上可陪玉皇大帝,下可陪街头乞儿',眼中的天下人,没有一个不好的。我跟三班长说,不管是当班长,还是以后当排长、当连长,对上,关键时刻要能顶上去;对下,紧要关头也要能扛下来，尽心做事。"

"说实话，我都不知道他还在看书。"他说，"平时打电话也只跟我讲讲平常的训练。"

"还有个事你也不知道吧，"军医说，"几年前了，有天中午他来找我，说连续失眠半个月了，很苦恼。我就和他谈心，帮助他分析。问了几个问题以后他就说你别问了，告诉你吧，我偷东西了，但是我又放回去了，谁都不知道。具体什么事就不肯再往下说了。前年他主动再跟我提起这个事，说知道为什么你一定要他参军了。他说以前在少林寺，觉得社会上和他一样的人多。来了部队才觉得，和他哥，就是和你一样的人多。"

他回到招待室时已响过熄灯号。外头下雪了。广大空旷的天地间，每一片雪花都标示出风的力道和方向，在窗外，在他眼前连缀而下，蕴藏着沉甸甸的寒光。

小弟七岁那年，村里来人通知说他们家正好占在村里预备施工的道路上，房子要被推倒了。父母动身去县上打工，奶奶将他和小弟接回老屋。

那天村里通街的施工队拿着铁锹在干活儿，推土机在推土。他和小弟还有村里几个小孩围着推土机团团转。这时村主任来了，把他们几个小孩叫过去，说你们别乱跑，我给你们安排个好活儿。村主任让他们在推土机后面捡砖石块子，拾起来往道路两侧扔，并许诺等干完了活儿，给他们发"义务工"的薪酬。他们一听干得十分卖力。傍晚，他们几个去找村主任要钱，村主任从兜里掏出笔来写了个纸条，让他们拿着纸条去大队部，找任何一个人都行。他们拿着纸条去了大队部，找到一个大队部的年轻小伙，当时那小伙是专门扛着摄像机给领导摄像的。他看了一眼纸条说，跟我来吧，就带他们去了大队部的楼道地沟。那里满地的酒瓶子。小伙说，拿吧，能拿多少拿多少。于是每个人都把口袋里塞得满满的，手里也拿了好几个。取了酒瓶，他们直奔村里的小卖部。那时一个啤酒瓶可以换一支很好的雪糕，要是换单晶，可以换一大袋子。他们没舍得把所有酒瓶都换了，就换了五个瓶子。几个小孩商量了一下，把剩下的酒瓶藏到了村后的麦垛里。他记得那时和小弟每天一想起来，两人就跑去看看瓶子少没少。看了好几回，还真发现瓶子少了。

一天有个小孩跑来家里，说小弟溜进大队部的楼道地沟捡瓶子，赤着脚踩到一把二齿钩，钩子一下扎透了小弟脚底，流了好些血。他赶到时，小弟已经自己把二齿钩拔出来了。他背起小弟跑到村里的药铺。医生给小弟消毒包扎时，他去对面的小卖铺给小弟赊了一双蓝色的小拖鞋。

那时正是夏天，小弟脚疼，喊着咽不下去煎饼。傍晚，他带着小弟去钻树林照知了。他把剪下来的废轮胎条、破棉絮和干柴堆在地上，倒上油点燃，过后拿起木头杆子敲打树枝。知了纷纷惊飞出来，见了光扑向火堆，小弟就坐在一旁往塑料袋里捡。两个多小时的工夫，捡了小半袋子。往家走的一路上，知了在袋子里吱吱乱叫，谁碰见了都问袋子里装的是什么。

他背着小弟快走到村口时，看见奶奶在不远处干土方活儿。大队干部用白灰画的线是按家庭人头分的，每个人分几米。要求挖出的沟一人多深，一米多宽，两侧掏成斜坡，再用铁锹修出形来。工地上都各干各的，没有人相互帮忙。男劳力干得快，干完就回家了，剩奶奶还在默默地干。他从沟里走过去，趴在他背上的小弟把袋子提到奶奶面前。

奶奶伸手戳了戳袋子问，这是什么？

他本想大声喊出来。这时突然觉得脖颈后头有点痒，站起来低头一摸，捏出来一只虫。

比瓢虫小，圆圆扁扁的。

"这就是草瘪子吗？"他自言自语。

待车队从浓荫覆盖的崖壁下穿行而过，他眼前连天漫地的帕米尔黑夜，被天顶一轮皓月照亮。墨色山体，铝灰的积雪。少顷，车队再次驶入峰岩夹峙的狭长山道，他眼前仍旧留有刚才一幕的清辉。

那晚在阿吾斯奇的图书室，军医从书柜里拿出一幅字赠他。说知道他要上山来，特意练来写的。

他接过字在桌上展开。写的是：但愿人长久，千里共婵娟。

他对军医说，自己还没成家，这怎么受得起？

军医摇了摇头，说这哪是写给相好的，是苏轼七年没见着苏辙了，苏轼想他的弟弟啊。

犰 子

一

经过一年多没日没夜的拼活儿，我终于获得晋升。会上宣读命令后，我回到办公室关掉待机三个多月的电脑，填请假单申请回家休国庆。

机场接上我，父亲的面色不太好看。车上，他对我带的大件行李箱表示不满，说一个军人走到哪儿都该轻装上阵，尤其衣服够穿就行。母亲说是她让我多带几件运动服，趁假期去乡下泡温泉，跑跑步。这话激怒了父亲，他认为这个假期我就不该回家，职级和岗位在同一年晋升调整，表明组织对我信任，我应该带头加班。

到家，母亲热了一碗稀饭让我垫肚子。父亲让我先跟他上二楼书房，看看近一年没有回家，他在家搞的几处改造工程。他指给我看楼梯间新换的壁灯，竹制壁灯上有一个镂空的简写"万"字，他托人在潮州用罗汉竹手工刻制的。进了书房，他指给我看书桌边白墙上新换的一幅字。自从搬进来，这个位置一直挂着沈

107

醉写的一幅行书卷轴，姥爷在世时送的，沈醉自己作的诗：长剑高擎欲破天，奋身直到广寒边。割来星斗拼为月，挂向晴空但夜圆。诗后有三行小字：录五十年前旧作，除夕夜有感。现今，那里挂着一幅装框的蝇头小楷，《岳阳楼记》全文。

正想问父亲怎么收起了沈醉的字，他伸手指向书柜对面那堵墙。之前的梅兰菊竹水墨四条屏摘了，取而代之的是我十一岁时写的一组大楷，四幅卷轴。

岱宗夫如何　齐鲁青未了
造化钟神秀　阴阳割昏晓
荡胸生层云　决眦入归鸟
会当凌绝顶　一览众山小

这首诗当年写了两幅，父亲装裱一幅留到今天，另一幅邮寄给了在老家的父亲的大哥，我的亲大爷。有一年，大爷喝多了耍酒疯，拿打火机点了其中一幅，堂姐冲上去抢，也还是烧坏了。父亲电话里听说后，催促我再写，堂姐来家里暂住时也跟我提过。我就是拖着。

"这字现在让你写，都未必有这么好。"父亲抱起胳膊，欣赏地说。

"干吗把这个挂出来？"我问他。

"这是我家，想挂什么挂什么。"

"有什么意见可以说，别吵。"我说。

"这是你和老子讲话该有的态度吗？"父亲不看我，只对着墙上的字说话，"看看，用这几幅字把原来墙上开的洞都挡住了。"

"你把网线拆了？"

"光缆一进来就在墙上打洞，破坏布局美感。"父亲说，"我也不需要上网，你和你妈自愿被这种东西监视控制，我不愿意。"

"那你别吃饭了，吃饭也是被生理控制。"

"好心邀请你上来看看我做的一点小建设，你非要带情绪。"

我看了他一眼："是你有情绪。"

"和小布尔乔亚多说无益。"他仍旧望向墙壁。

夜里九点多，小区的路灯亮了。树梢上挂着的，靠灯盏近的青柚子被耀得发白。棕榈树的硕大叶片青黄不均。不少人家在屋前的水道里养了锦鲤，一群群的，在荧荧烁烁的灯光与喷泉搅动的水沫里游梭。随处蔷薇铺散，金桂芳馥。

母亲带我看了新近装修的几座宅院，都打理得草木繁茂，花气袭人。母亲问我，怎么突然戗着父亲了。她印象中前些日子我打电话来说起晋升的事，父亲还很高兴。

我告诉母亲，回家之前有一天父亲来电话，先祝贺我的工作调整，之后父亲忽然说起那个烧我字的大爷，他的儿子，我从未见过的堂弟。说堂弟在黑龙江的边防巡逻艇大队当三期士官，前阵子代表旅里参加军区比武，立了二等功。父亲的意思是，既然我们单位的报纸每天都要采编全军部队新闻，不如到堂弟的部队采采稿。我没等父亲说完就打断他，跟他讲这个建议实现不了。部队每年有多少人立二等功？给每人都写篇报道不现实。再说，刚到新岗位就打自家算盘？

"你也实在，"母亲说，"你先答应，回头找理由说有事去不了、没时间不就带过去了。"

可那天赶上会稿，烦躁之余又疲又乏。何况堂姐的事让我对大爷和那个没见过面的堂弟没有好感。

那天没等我说完父亲就掐了电话。晚上加班到十点多，我又拨去电话，父亲没有接。半小时后，父亲发来一条信息，大意是他本以为我经过社会磨炼与自我修养，已成长为一个有品德的好孩子，没想到还是事不关己高高挂起的自私自利之人，只图个人安逸而逃避承担责任的小人。

自私。小人。

我边看信息边回忆，上一回和上上回被同样的话教训是在什么时候……

第一回是在小学二年级。父亲升任营长，每天忙着收拾新兵，母亲在办公室干着会计兼文员，两人都腾不出时间管我，父亲便把奶奶从老家接过来。奶奶来时将比我大五岁多的堂姐也带上了。

一天，奶奶擀了碗鸡蛋面条叫堂姐端给我。我尝了一筷子觉得不合口味，就从碗里揪了两根面条往堂姐头发里塞。堂姐拉住我的手，不让我胡闹。来回推搡两下子我生气了，拧住她的胳膊大喊道："叫你来就是伺候我的，老子说什么你都得听！"

父亲赶回来取落在家的军帽，推开门一字不落地听见了。

父亲罚我跪在筒子楼的过道里背诵《增广贤文》。赶上下班，谁见了我都要问一嘴为什么又被罚跪。父亲出来遇上了就给人家解释，说我这个孩子别看岁数小，良心很不好。

周末，父亲将我带到离大院不远的一座大酒店的三角花园跟前，让我给一个老头鞠躬。我鞠躬时，那个老头也放下手里的鞋刷，从小板凳上站起身，向我点头还礼。父亲给老头五十元钱，用力拍了两下我的头并往前一推，说，师傅您受累操心，让我女儿好好跟着您学习，希望您能把正经八百的手艺传授给她。

擦皮鞋的师傅在新中国成立前就加入了市擦皮鞋工友协会。协会发给他一枚刻着协会全称的铜牌，金黄锃亮，钉在他工具箱正面显眼的位置。师傅曾给程潜、陈明仁擦过皮鞋。黄克诚主政时，请他到蓉园宾馆为苏联专家擦过鞋。

那时冬天，师傅干活儿不戴手套，也不许我戴。盛在各色圆筒小盒里的鞋油都是进口的，沾在手上被风一吹，手背就裂小口子。跟着师傅中午吃饭也从未按时按点，永远一碗榨菜肉丝宽粉，一刻钟吃完。粉挺好吃，就是不顶饿。师傅也很少言语，与人交流大都靠表情手势。

没干几天，姥爷领着一个老头来了。姥爷说是来考察我手艺的。而享受我擦鞋服务的是他的挚友黄先生，西南地区交谊舞的头把交椅。当年由蒋介石和宋美龄亲自挑选送去美国学习交谊舞的十位青年舞者之一，专为在陪都重庆的社交场合陪同外国使节及夫人而培养。我擦鞋时瞄了几眼这个穿着背带裤的跳舞老头，并不认为他在气度上赢过我的擦鞋师傅，很为师傅不甘。

为跳舞老头擦完鞋，姥爷牵着我回了家。不是在父亲单位的家，而是姥爷的家。我那时还小，却全然明白姥爷的意思。他这是不满意父亲的做法，等着父亲来给他一点难看。

姥爷当年随陈毅元帅南下，母亲是他和北方老家第一位夫人生的独女。他在南方落下脚后，休了原配，娶进门一位护士长，又得了一个女儿。认识母亲之前，父亲是原军区司令的警卫员，每日陪老司令读书练字。为了讨父亲来做姑爷，姥爷把客厅里一张八仙桌抬给了老战友，请他割爱。

母亲当初看不上父亲，也不理解姥爷的安排。后来，跟姥爷要好的战友给母亲讲，姥爷觉得尽管母亲在他身边不愁吃穿，可二姥姥不是生母，下面又有小妹，怕她会有寄人篱下的想法。加上母亲随大姥姥，心气高，凡事好讲自尊，要是找一户所谓门当户对的少不了受气，回娘家诉苦心里还隔着一层。不如找父亲这样的苦出身，一是坯子好，成长空间大；二是守规矩，心眼好，这样才会对母亲一辈子负责任、讲感情。

不过当初的情况是母亲不想嫁，父亲也不愿娶。那时父亲正准备参加文化培训班，进而考军校。父亲想通过个人努力获得进阶，不愿被战友指指点点，说他出卖爱情换取靠山。何况父亲每回跟着姥爷来家里吃饭，母亲都故意别扭，给父亲盛米饭时只舀掺在饭里的红薯块。二姥姥瞪她，她就说父亲又没带着粮票来，他多吃一碗其他人就只够半饱。

至于母亲怎么接纳这桩婚事的，据说是有一回姥爷让父亲去母亲单位办事，中午在母亲宿舍吃面条，父亲开了几句母亲的玩笑，母亲一生气，起身时把半锅面条碰倒了，洒了一床。这时母亲的领导正好提着罐头来敲门。情急之下，父亲一把抖开被子，往烂面条上一盖，锅往里一塞。他掏出手帕擦净桌上残留的面汤后揣回兜里，跨步上前打开门请领导进屋。

母亲问父亲怎么反应那么快，父亲说，他知道母亲把面子看得比命还重，那他凡事就先以面子上过得去为第一要务。再后来，父亲攒了三个月的工资，请母亲去理发店烫了一个带鬓的蘑菇头。母亲把剪下来的大辫子卖给理发店，回请父亲吃了一顿西餐。

结婚以后，父亲事事都听母亲的，不听母亲的时候，就得听姥爷的。据母亲说只有一件事父亲坚持己见，那就是给我起名字。我出生后不到一个礼拜，父亲就定好了我的大名，叫万山红遍。母亲听了说拗口，姥爷说这是瞎胡闹，刚和日本人打完没多少年，就给孩子起个四字的日本名。父亲说可以将万山看作一个复姓，而且日本大力支持中国改革开放，不是鬼子而是友人了。

姥爷还要坚持否定意见时，父亲抱起我说，别的我全说了不算，可自己的孩子叫什么，这回必须说了算。这句话说动了一向知轻重的母亲，也间接给她提了个醒，她知道对人对事都要讲分寸，不能一点余地不给人留。自从派出所给我登记上万山红遍的名字，我就成了父亲一生中为数不多说了算的试验田。他尽心竭力，要将我培养成他理想中的、美好的人。

事不尽如人意。

跟这回叫我擦皮鞋一样，父亲只要一收拾我，姥爷就会出面。父亲到姥爷家时，姥爷将他叫进书房，翻出文件夹里的剪报念给他听。文章是专家写的，大意是儿童教育不能棍棒先行、简单粗暴。二姥姥配合姥爷，等父亲听完姥爷训话出来，才叫我掏出手来擦冻疮药膏，让他站在一边看我红肿的小手。

晚上，父亲把我驮在自行车后座上推着往家走。父亲说，姥爷那位跳舞的老头朋友，从前就认识我的擦鞋师傅，故交。擦鞋师傅年轻时是省城有名有姓的少爷，每逢古历九月干爽天，家中成堆的名家字画挂出来晾晒。用人将家中宅院水塘里的竹筏解开划走，少爷就站在船头遥遥看着。可惜师傅好赌，又赶上一把

"文夕大火"，才干起了擦鞋的谋生活计。跳舞的老头当年进入侍从室后，回乡探亲时还找师傅擦过一次白皮鞋。

看我不搭腔，父亲给我道了歉，继而又讲道理。父亲说，我对堂姐说的屁话伤透了他的心，他从不指望我日后多有出息，至少是不会讲出这种话的自私小人。他叫我去学擦皮鞋，是想改造我，帮助我成为懂得尊重他人的人。可这一点，包括我这个亲闺女也不能理解，只觉得是无情的惩罚，而不是爱。

第二回被父亲骂自私小人和第一回相似。四年级，到一位新请的老师家学书法。父亲下楼修手表，我在屋里跟着老师临摹欧阳询。老师是刚从县城文化馆调来少儿图书馆的文化教员，妻子每晚在文具店帮老板看店，他一边上课一边带着两岁的小女儿。

那天他正握着我的手描红，教我写一道横的起承转合，女儿躺在床上一直哭。忽然，他松开手，起身走到书架前拧开酒瓶盖子抿了一口，再走到床边抱起孩子喂给她。摇了两下，孩子不哭了，他才放下孩子过来继续带我练字。

新请的老师有个习惯，每教完一个结构都要问一声是不是会了。那天也许是酒气叫我心烦，或是哭声持续太久，我没有照往常随口说会了，或就点点头，而是把毛笔朝砚台上一丢，说："什么都会了还用得着花钱找你吗？"他听完退到床跟前坐下，眼眶越来越红。当晚就向父亲请辞。

那一次的改造是在情人节那天去电影院的广场卖花，父亲托人批发了一塑料桶的玫瑰花让我一个下午卖完。为了叫我心里痛快，姥爷差二姥姥去新开的商场里给我买了一身真维斯、一双纽巴伦旅游鞋。那桶花，我卖了一半送掉一半。反正没人能靠着卖几朵花就变成好人，过后就有了令父亲极为失望的第三回。

高一，妮妙和我同桌。她初三时查出有糖尿病，到那会儿每个礼拜都要去医院抽两管血化验。妮妙的父母有一家服装公司。妮妙的父亲在妮妙确诊后不久，带着他在公司做财务的情人和公司的钱走了。在那之后，只要妮妙想要的、想做的，她母亲都会尽量满足。

妮妙在我之前还有一个同桌。一天，我进厕所拿拖把回班里值日，碰上几个女孩围着妮妙之前的同桌。一个女孩指挥她站到长条便池最靠后的一个蹲坑里，另一个女孩走过去拉下水阀拉绳，冲出来的水泡透了她的裤筒。我经过时看了一眼，她正低着头，在那几个女孩的要求下敬着队礼唱少先队队歌。

拖完地回到座位，妮妙还没从医院回来。我弯腰捡笔时看她堆在抽屉里的书，很想搬出来帮她理一理。

没隔几天，我被父亲叫去他的团部。班主任找父亲谈了话，指出我作为一名学生，尤其是一名军人的孩子，身上存在严重的道德问题，比如说正义感缺失。被欺负了的女孩说那天我作为值日生路过厕所，目睹了发生的事却没有向老师报告，并继续和对她施加伤害的妮妙有说有笑。这足以证明我是非不分、黑白不辨。

我试图对父亲解释，妮妙的前同桌以前和妮妙很要好，妮妙信任她、喜欢她，只要她夸赞妮妙的哪样东西好看，妮妙就毫不犹豫地送给她。一天，有个街舞队的男孩课间来找妮妙，说自己得了尖锐湿疣要做手术，问妮妙能不能借一千块钱给他。这个事叫妮妙很为难，就向同桌女孩说了。同桌女孩扭头把事情编派一番传了出去。等我听说时，这事已成了妮妙和她男友都患了见不得人也治不好的病，正在四处借钱，糖尿病只是幌子。

我还想对父亲说，如果妮妙曾对同桌女孩恶意相加，我那天会在厕所里为她说话，以及她如果不是接受过妮妙的文具盒、耳环、板鞋等好意，她传这些小话也没有人会打抱不平。她是妮妙最信任的朋友，造出那些谣言才活该站在厕所里被冲水。

那时的我没有对父亲作半个字的解释。

小学一次值日，前一节课的老师拖堂，下一节课的预备铃声已响而黑板只擦了半边，我就找来拖把举着擦黑板。来上课的老师看见后叫我放下拖把，在讲台边立正站好，说要给我单独开一场批斗会。我不懂批斗会的意思，回了家问姥爷，姥爷沉了沉说："批斗会就是只让别人骂你，而不许你作半个字解释，除了认罪认罚。"姥爷教我，不言声是让一切最快过去的办法。

回到家，军姿跨立面壁半宿之后，有近半个学期我拒绝与父亲交流，和他说话也很少带称呼。

那年刚放暑假的第二天，父亲翻出我的身份证扔到饭桌上，让我暂停补课，先去堂姐打工的饭馆应聘短期工。那时堂姐辞了老家的工作来投奔我们，父亲安排她在离大院不远的饭馆打工。因为我看起来十分非暴力不合作的白痴态度，父亲坚持让我吃住都在饭馆，打工期间任何时候都不许回家。

那时父亲已是团职干部，姥爷岁数也大了，开始以父亲为荣。母亲对话语权的掌握明显不如从前，只好由着父亲安排对我的道德突击教育。

本来心存侥幸，希望饭店经理看我刚满十六岁就打发我走。但经理瞄了一眼我的证件就揣进兜里叫我去领工装，说身份证先押在他这儿，离职时再还给我。堂姐假装不认识我，在经理和我说话时跑过来擦桌子，经理就朝她招招手，叫她以后带着我。

起初几天我过得憋屈。穿惯了旅游鞋，现在要穿假皮革的高跟鞋，站久了、走多了老起水泡。每天三顿饭清汤寡水，不是白菜就是冬瓜，看客人满嘴油就冒火。每人还有酒水任务，一个礼拜得上交五十个啤酒瓶盖子才能拿另一部分绩效工资。好在白酒不硬性规定，谁销出去一瓶就有提成。起初嫌弃客人剩下的饭菜，等饿了几天，包厢客人一走，不用堂姐叫我就推着收餐盘的车子往里冲。进去把椅子上的罩布一掀，跳到椅子上蹲着，用手拿起来就吃。堂姐教我为客人点单时怂恿他们多点主食，那些年流行点一桌剩半桌的吃请派头，主食吃不完剩下的就是我们的了。包厢饭菜油水大，我和堂姐的身材都跟气吹起来一样，腮帮子也撑开了。

我和堂姐跟另外两个女孩住一屋，两张高低铺。其中一个女孩老出去找男朋友，一般就我们仨。除我和堂姐之外的女孩叫阿乖，广西女仔，对我和堂姐有一股神经兮兮的义气。

二姥姥生的敏敏姨妈从美国回来探亲时，姥爷带着家里人来饭馆捧我的场。堂姐特意安排我去招待。姥爷没从家里带酒，而叫经理过来开了一瓶五粮液。我倒酒时，父亲不停地拿手指头在桌上敲，搞得我手抖和尿急。和父亲要好的姨父没有和姨妈一同回来，父亲小有失落。敏敏姨妈说，姨父带了几个学气功的洋徒弟，最近正陪徒弟们参加表演赛，一时走不开。

敏敏姨妈带了一台小电脑要送给我，往外掏了好几次都被父亲挡回去。父亲说这顿饭是来验收我的良心改造工程，大家要严格按照客人的做派和流程。为此他刻意差遣我，一会儿茶水不够烫，一会儿骨碟该换了。我跑前跑后，直想把垃圾筐套他头上。

堂姐过来帮着添茶水时，向姥爷和敏敏姨妈打招呼。敏敏姨妈随即从包里拿出一个红包、一瓶香水塞给堂姐。堂姐红着脸望向父亲，父亲叫她揣好礼物，去别的桌忙，不用再过来。过会儿父亲端起酒杯，先碰了碰母亲面前的酒杯，之后给敏敏姨妈斟上半杯酒，两人举杯，各自饮下。

吃过饭，大厅的客人快走空了。姥爷扔掉牙签打了几个哈欠，表示吃得满意该回家午休了。父亲意犹未尽，执意要我再展示隐藏的劳动技能。我只好推来亮晶晶的不锈钢餐具车，将清空的盆碗盘子一股脑儿收上去，再把盛了水的洗涤盆从车上搬下来。起初大家还在一搭没一搭地聊天，当看我在满是洗洁精泡沫的洗涤盆里掏出餐盘，在另一个清水盆里涮涮就拿出来用餐布擦干摆上桌时，所有人都不吭气了。

二姥姥问我，他们刚才用的餐具是不是我洗的。我一面涮一面点头。我还没有说，每天早晨开包厢进去铺桌布，都碰上老鼠在餐桌跟前蹿上跑下。老鼠在餐盘上踩出来的脚印子，被我们拿餐布擦掉了。

那餐饭后，只要在外边吃饭，不论小馆还是酒店，父亲都要求服务员先上一壶开水，他要亲自把餐具烫一遍才肯用。遇上有服务员垮下脸来，父亲就会对人家讲，我女儿当过服务员，你们刷的那盘子还不如牵条狗过来舔一遍。

在饭馆干到快二十天时，我接了一桌包厢客人。上一桌客人留下的瓶盖子还在我的裙兜里叮叮作响。我想一会儿可以撺掇他们多点两件啤酒，新得的瓶盖子匀给堂姐和阿乖，让她们在其他服务员跟前牛气一点。

客人的确点了不少，还要了四瓶茅台。一下赚到几百块提成的虚荣陶醉了我，包厢门窗紧闭，散不出去的烟酒气又搞得人昏昏沉沉。记不清是第几轮倒酒，伸出去的胳膊突然被人拽住。再清醒时，我抱着酒瓶子坐在一个人腿上。我赶快跳起来，放下酒瓶想往外走。

这时有人起身挡住，拿起一个斟满的酒杯递给我，命令陪他喝个交杯。我头脸发烫，右手未经大脑反应就已将酒泼在他脸上。几乎同时，一记耳光抽了过来。我没感到多疼，只觉得鼻腔灌进一股凉风，面颊发麻发胀，什么也听不到了。模模糊糊看见包厢门离着不远，但肯定是走不过去了。我抄起一个酒瓶朝那扇门扔过去，酒瓶砸中了包在门板上的海绵。

阿乖跑进来时，堂姐已扶着我往外走。包厢门口，堂姐将我向外一推，就转身进去闭上了门。我贴着走廊一侧的墙角蹲下来，看经理在前厅指挥上菜。这时门被推开，那个被泼了酒的男人歪歪斜斜地走到前厅开始喊叫。

转过头，从打开了又慢慢合拢的门缝往里看。堂姐趴跪在地毯上，阿乖背对着门，双手撑在堂姐背上拿大顶。工装上衣倒滑下去，遮住阿乖的脑袋，露出一道内衣扣带。堂姐那被我拧过、擀面棍似的胳膊，这会儿撑在地上，又白又鼓。

经理朝我走过来。我起身时吐了一口黏涎，眼睛不花，耳朵也能听见了。经理让我倒三杯酒来向大哥道歉。我说我不干了。经理说好啊，那工资一分没有，倒赔一千块钱作为大哥的精神损失费，不然别想要回身份证。我没吭声，也忘了脱下工装，就径直走出饭馆。

从饭馆出来，我钻到大院和饭馆之间那座立交桥下的花坛草丛里睡了一觉。醒来时，当服务员好像是上辈子的事了。

傍晚，宿舍里。阿乖蜷在床上，床边摆着吐了不少脏东西的脸盆。堂姐穿着背心短裤，站在床前吹手持的小电风扇。

堂姐从阿乖兜里摸出我的身份证，用手背擦了擦才交给我。

"都是她的汗，她太能出汗了。"堂姐说。

"怎么把身份证给你的？要钱了吗？"我问。

"你告诉我三叔了吗？"

"没说。"

"你别告诉他，我在这儿干了快一年了，还想接着干。"堂姐说。

"问你要钱了吗？"我又问她。

"没要，阿乖有办法。你没上过班，你不懂。"堂姐说着拨了拨我前额湿漉漉的头发。

小学时，父亲还曾为我找过一位书法老师。老师住在省杂技团的院子里，每回去上课，都路过杂技团的练功楼。顶楼，练功房硕大的窗户常年开着。回回走过，都能看见有人从看不见的地方弹跳至高空，在窗户间闪现复又落下不见。一天，一个岁数很小的孩子在窗前频频闪现，时而展开成条状，时而蜷成个团。眼看要飞出楼去。我原地不动，仰着头看迷了。父亲把我拍醒后，我弯下腰吐了。在那之后，任何与杂技沾边的节目我都不能看，哪怕是拿大顶。

二

　　和母亲走到院子东侧高尔夫练习场的围栏下，沿着高高的网往北边走。虫鸣阵阵。被垂柳和蒲苇环绕的小湖波光粼粼，栈桥下潮湿的深褐色泥土有奶甜的草腥味。临湖改建的一座独栋还未熄灯，越过杨梅树的枝梢，从二楼的窗玻璃能看到屋内金铜色的枝形水晶灯、白墙边的罗马立柱。主人自建的延伸至水面的防腐木看台，多次被物业在群里通报为应拆除的违规搭建，与水景十分相称。绕过水系行至前院，楼前正庭入口处，两株对节白蜡掩映大门。

　　回到家时，父亲卧室的房门已关上。桌上有张字条：

　　　　建议明天先让红遍给姥爷上坟，酒菜我已准备好，
　　车子也加了油。明早八点起床，早一点出发。泡温泉后
　　天再去不迟。

我叠起字条收进衣兜。

　　第二天一早下楼吃饭。父亲卧室的门开着。花园里有浇水的声音。堆在栅栏底下大大小小的花盆，母亲说是父亲捡回来别人家扔掉的，没死透的盆栽和盆景。小院如今的布置毫无章法。

　　"天天下雨他还天天浇水，有病。"母亲说。
　　"他去见汪叔了吗？"我问母亲。

"不见。"母亲说，"我要他别和得病快死的人过不去，就不听。"

我向外看了一眼。父亲正在锯一棵香椿的树头。

到了姥爷和二姥姥合葬的墓前，父亲放下提篮，从包里找出纸，半跪着擦拭墓碑前的供台，之后拂去落在骨灰冢子上的碎树叶和香灰，把小香炉里的蜡抠出来扔掉，插上刚在陵园门口新买的红烛和香。我把彩纸扎的灯笼插在旁边小柏树苗的树枝上，拿出提篮里的盘子和碗，打开保鲜袋里的炸鱼块、炸藕合、饺子和水果摆上。母亲取下墓碑上原先褪了色的花环，挂上一条新的紫藤绢花，又将一篮菊花摆在墓碑下的牌位前。

父亲去墓园门口的铁桶里放鞭炮。我和母亲摊开塑料袋，摆在狭窄的过道间。鞭炮一响，我和母亲就在塑料袋上跪下来。

"爸妈，红遍来看你们了。"母亲说。

鞭炮声停后不久，父亲回来了，我和母亲刚磕过头站起身。父亲走过来跪下，从包里摸出一个文件夹，拿出张报纸摊开了放在墓冢上。

"爸，这是红遍编的报纸，她以后在外边跑得少，坐办公室多。我带了她编的第一期报给您和妈看，一起高兴高兴。她现在宣传的都是歌颂光明、引导人向善的。孩子没有走歪，你们放心吧。"说罢，父亲磕了三个响头。

烧过纸钱、冬衣和元宝，父亲从每盘菜里夹出一点放到一旁的柏树苗下，将酒洒在墓冢上。收好盘碗，每个人又再跪下给姥爷和二姥姥磕头，告诉他们在那边多保重，我们过年时再来。

提上篮子，父亲提议从西边绕回主路再上车。母亲接过他手里的篮子，让我跟父亲绕一圈，她膝盖疼，先回车上。

跟在父亲后边走出东侧的半山腰。北边是一小块平坦地。

父亲带我走到一座墓碑前，墓碑上立有一个中年男人的头部铜像。头发飘散，目光如炬。神情愤世嫉俗。

"带你过来鞠个躬。"父亲背着手，站在墓碑前望着我。

我这才看清墓碑上的字。是莫应丰的墓。

我们走到一个凉亭边。这里视野开阔，可以看到东、南、西三面山坡上的墓群。父亲走进亭子，找了张石凳坐下，趴在石桌上托着腮看向远处。亭子旁边有一组小沙弥的石像。

石像一共七个。从闭目合掌、整个身子立在外边的第一个沙弥往前数，每个沙弥露出地面的身体部分越来越少，最后一个留空的位置，只有一片青草。

"挺有意思的，从有到无。"我说。

"你这个年纪应该倒过来看。"

"你回来之前。"父亲说，"有一天我在花园干完活儿，站到台阶上看看劳动成果。新栽的竹子又蹿高了，假山上的金钱草也养活了，虽然石榴树不结果，花开得朵朵是双瓣儿，好看。但是你猜我当时有个什么想法？我想把树砍了，三角梅拔了，把整个园子一把火点上烧了算了。"

"还因为汪叔的事心里难受吗？"

"你们不理解。"父亲说，"如果那时候他换个时间，不是在你大爷第一次中风那段时间搞我，我不会这么恨。站队不同，搞斗争嘛。可就是那个寸劲，正好你大爷病了，上边也来人查我。

你大爷醒了第一句话就是问三儿回来没有。你二大爷怕他多心，还不敢告诉他我出了事，就说三儿带部队去演习，手机缴了，联系不上。可是你大爷听不进去，就觉得我没良心，从那以后，见你大爷主动给我打过电话吗？你汪叔想见我，好卸下他心里的包袱，那我的包袱卸给谁？"

"别激动。"我说，"小心您的血压。"

"我是惭愧。"父亲说，"你爷爷走的时候我还不会下地走道，长兄如父，说的就是你大爷这样的大哥。你二大爷只管自己升官发财换老婆，你奶奶在南方又住不惯，养老送终都是你大爷在管。我亏欠他。"

"不是不想帮，"我说，"实在是能力有限。"

"没有人求你。"父亲看了我一眼，"我和你大爷的关系已经这样了，尤其你姐姐又没了。至少你和你弟还能建立联系，你们是亲人。我十六岁出来当兵，再和你大爷、二大爷见的面屈指可数，年轻时候也把不少战友当亲兄弟看，可是怎么样？你汪叔的事对我打击很大，利益面前，不是一家人可能就靠不住。"

"是一家人也靠不住，同学做律师的，说，能想象吗？递诉状的绝大多数是自家人告自家人。"

"而且你有什么可自责的？"我又说，"虽然人没回去，每月一张汇款单不比你每月回去一趟更科学？"

父亲突然站起来，神情变得有点像刚才看见的莫应丰铜像了。

"你有什么……什么资格说这个话？你和你妈总认为我偷偷拿了多少钱给你大爷。事实上给了吗？我每月的工资都是透透明明，一分不少全拿回了家。我要是贪了钱，现在还能来陪你看姥爷姥娘？就轮到你们去看我了！"

"这你也要抱怨？"

"我没有抱怨。"父亲说，"可我对你大爷有愧。你大爷年轻的时候能写一手好字，会唱样板戏，会双手打算盘。当年他想当兵，想走出去见世面，是大舅不让他走，说你父亲没得早，下边两个弟弟，你走了谁管他们？孤儿寡母就等着受欺负吧。你大爷听了大舅的话，一辈子没走出那几亩地。论聪明才智，他比我和你二大爷加起来还强一万倍，可那时候他不牺牲，我们俩眼前就还在老家扛锄头，能让你和你妈住上这样的大房子？"

"你要这么说，那就和你算算账。"我伸出了手指头，"姥爷过世之前给了一笔钱，二姥姥头脑还清楚的时候给了一笔钱，敏敏姨妈和姨父感谢你们照顾二姥姥又给了一笔钱，最后我读军校还给你们省了一笔钱，这也跟大爷有关系？他对姐姐怎么样你很清楚，你想让我怎么看他？"

"他小学都没念完，能指望他有多高见识？要是他手里有两张饼，他肯定自己不吃也要给俩孩子一人一个，可他只有一张饼，能怎么办？"

三

住在温泉酒店的几天，我和母亲上午在山里跑步，下午泡温泉，晚上在俱乐部玩牌、搓麻、打保龄球。无论做什么，包括吃饭，父亲都不参与。他叫我们不要管他，他要清静。

"你说他会不会抑郁？"我问母亲。

"不要中计。"母亲说，"他上回说想和老二赞助他大哥到市

125

里买套房子，我没吭声。找你帮他侄儿抬轿子，你也没答应。他在唱苦情戏。"

"二楼卧室阳台外边，露台上那一排竹子看见没有？"母亲说，"全是他扛上来的。我说你突然栽这么多竹子做什么？他说挡住视线啊，防止他从楼上跳下去。我说你跳个辣子，存心找死你挑个二楼？"

母亲不是二姥姥亲生的，却有二姥姥的性格和神采。听父亲讲，二姥姥的生母是个苗族女人，某天被日本兵绑走了。可日本兵没有杀她，过了几个月她又回到村寨，之后生下二姥姥。二姥姥满月后不久，二姥姥的生母去井边打水，被她两个哥哥从后边一人抱住一条腿，掀到井里去了。事后二姥姥被放在河边草棵子里，被隔壁寨子一户有三个男孩、就想要个女孩的人家捡走。

二姥姥十四岁时，姥爷干革命路过村寨，住在二姥姥家。二姥姥那时的父亲是寨里的头人，数他家房子大，国民党来了要住，土匪路过要住，共产党经过也要住。姥爷住下来的那段日子，楼下是共产党，楼上就是国民党，两拨人穿着便装，彼此相安无事。姥爷不久后跟着部队开拔，之后一直给二姥姥家寄钱和书信，让二姥姥进学校读书认字，等二姥姥二十岁时就娶了她。之后姥爷安排二姥姥进医院工作。进省城后，又让她当上了单位的办公室主任。

因为着实美得惊人，二姥姥的艺术彩照一直挂在凯旋门照相馆里直到照相馆关张。二姥姥不但因为姥爷而一生无忧（只在临终前卧床一年，插着喉管受了点罪），还救了抱养她的头人一家。在革命有望胜利之时，姥爷托人带话给头人让他早做准备。头人把房、田、牲口等家财都分散出去，只留下吃饭度日的一点保障，之后种种运动都没有叫他遭殃。

父亲常说，二姥姥一辈子没操过心，什么都是姥爷张罗好的现成饭，张嘴就行，因此心大得很，天塌下来也睡得着。母亲也是，从小被接进城里，嫁给父亲后，她的生活和外边儿又始终隔着父亲。她不用懂这个挡板在想什么。挡板牢靠就行。印象中，仅有一回母亲拿父亲没了辙。

一年春节，父亲接奶奶来家过年。火车到站那天，母亲从单位赶回家煮了一锅饺子。父亲值完夜班回家一开冰箱门，气得摔了帽子。父亲说，老家讲究"滚蛋饺子迎客的面"，奶奶刚进家门，母亲就给奶奶煮饺子，究竟什么意思。

父亲说，奶奶也是一位老地下党。解放后，组织上选调奶奶和另一位妇女干部去县里工作，可奶奶的婆婆不同意，说家里男人、孩子、老人都得奶奶照顾，她不能走。过了些年，奶奶的那位战友坐着吉普车回到村里，去田里看望正在耙地的奶奶，送了她一个热水袋和一件毛衣。父亲说他告诉母亲这些，就是希望她不要小瞧老人、怠慢老人。母亲听着掉了泪，说自己的妈也再嫁了个务农的人，难道她会看不起自己的妈？母亲又说，打小在南方生活，只知道北方人一有好事就包饺子，是最客气的饭。

国庆假期结束前一天的中午，父亲和母亲吵了一架。起因是物业的小柳来家里收物业费，和母亲说起她老公，小区前门的一个保安，早晨被一位业主用路边捡的砖头开了瓢儿。

母亲细问了问，发现砸人的业主是住在我们前栋的一个小伙儿。早晨，那小伙儿开了一辆新买的车回小区，新车没装智能识别，道闸没有自动抬起来。小柳的老公请他下车登记车主信息，他一脚油门撞开道闸，停车下来，到路边捡起一块砖头过去拍了小柳的老公。拍完，又大骂小柳的老公。小柳对母亲讲，打也打了，骂也骂了，刚才她去收物业费，提了一句赔偿医药费的事就被轰了出来。那个人说他感觉受了侮辱，往后一分钱的物业费也不会再交。

母亲把这个事讲给父亲听，说到小柳的老公是不是当时态度有点问题时，父亲突然起了高调。我跑完步回到家时，正赶上父亲在喊叫："态度不好也不至于要挨一板砖吧？谁有钱就替谁说话？"

"你讲不讲理？"母亲说，"谁那天跑回来跟我说那个小伙子挺不错？说人家一打开车门，咱狗就跳上去了，爪子扒到人家座椅上，人家不但不生气还掏手机照相，夸咱狗养得油光锃亮。"

"那又怎么样？他对人还不如对一条狗。"

"那小柳的老公怎么对一条狗？拉拉被车撞死以后，你抱着拉拉在那儿掉眼泪，衣服上全是血。小柳的老公跑过来就问这条死狗我们还要不要了，他们想拿回去吃。你听到了大骂小柳的老公猪狗不如，回来一边在院里挖坑，一边还在骂……"

"骂完了我到今天都后悔……"父亲突然不太能说出话来，"他要是顿顿吃得上肉，会惦记一条死狗？"

午后，父亲提着一壶水上了二楼。

父亲坐在阳台的茶桌前，身后是滚沸的水炉子。我拉开椅子坐下，把一碟炒米放在茶盘上。父亲看了一眼，过会儿又看了一眼，伸手把碟子从茶盘拿到桌上。

"量血压了吗？"我问他。

"我最近感觉很失望。"父亲说，"不是对别人，是对我自己。"

父亲关掉身后的水炉子，从抽屉里拿出一把壶摆进茶盘，冲洗一道茶具，从窗台上的铁盒里夹出一块茶投进壶里。

"和你妈不是头一次为这种事吵了，"父亲说，"候鸟从咱这边过的时候，我拿了一小碟这样的炒米放在园子里，让飞累的落下来吃一点。过了两天你妈就给连碟子一块儿扔了，说我招来了一园子鸟屎。"

父亲又朝窗户外边扬扬下巴，"对面那家的小两口。我观察了他们两口子很长一段时间，发现他们不上班、不出门，每天只为了遛狗出来两趟。一人牵着一条比耗子还小的狗。他们小院里不是养了一缸鱼吗？旁边安了一把遮阳伞，前段时间秋老虎，太阳很毒，伞也一直没打开，过几天鱼就全没了，不知道是晒死了、饿死了还是被猫掏出来吃了。反正那女孩的爹过来把空缸给拖走的时候见到我，还跟我抱怨，说最好养的鱼都给养死了。我那天回来跟你妈说，年纪轻轻的两个人怎么就愿意当废物？你妈不认可，说她认为这样的日子很好啊，难道非得上班就是对社会做贡献？他们两个人安安静静吃父母的，不吵事，能在屋子里待得住，这就没给社会添麻烦。"

"我妈说得有道理吧。"我说，"人太多，工作没那么多。不少能人干的活儿也就是竹筒倒豆子，把黑豆从黄豆里分出来，把绿豆从红豆里分出来。"

"在院子里当义工、捡捡垃圾也是劳动啊。"

我摇了摇头："都这么活雷锋，物业公司就该哭了。小柳她大丫头的手烫坏了以后，我妈说在医院花了二十万，五个指头到现在还是像鸭蹼粘在一起，后续看病的钱不就是靠小柳的爸妈在院子里做保洁吗？要是有钱人还勤劳，什么活儿都自己干，穷人吃什么？"

父亲点头。

"倒是也有那种穷富穷富的。"父亲说，"小柳说有家人是借钱和贷款买的房，女的怀孕了，上不了班，男的做职业经理的公司老板突然失踪，工资没了，入的股金也打了水漂。他一个人还车贷、房贷挺不住，就先动员爹妈把老家县城住的房子卖了，再把爹妈接过来，在园子里种菜上后门卖。老人家为了省肥料钱，用自己家攒的大粪去浇地，夏天都不敢从他们家过。"

"农村人不嫌这个。"父亲说，"你没看见，蔡光头家的老太太也喜欢浇粪。"

蔡光头是本地批发城里最大的灯具经销商，早二三十年前在批发城里拖板车。蔡光头在老家有个弟弟，小儿麻痹。老太太总想从蔡光头这里掏点钱回去补贴小儿子，可蔡光头除了让他妈有口吃的，多余的钱一毛不给。

老太太找园丁班借了把锄头，自己去后门物业宿舍的楼前开了一块地，种小菜卖钱。蔡光头遛他的鹦鹉路过，见一次骂一次。老太太有时不搭理，有时跟他对骂。蔡光头的鹦鹉一听蔡光头开骂就喊"爸爸骂得好"。有一回下雨，碰见蔡光头没打伞，穿着棉睡衣和棉拖鞋，提着鸟笼在雨里边溜达。他打一个响指，笼子里的鹦鹉就吆喝一声"世上只有爸爸好"。

"他现在长得像你姨父，发现了没？"父亲说，"你妈把你姨父新照的手机相片拿给我看了，全面横向发展。"

"真丑。"父亲说。

相比我两个大爷，姨父有时更像父亲的兄弟。姨父和父亲相较，最大特点是不声不响。用姥爷的话说，三脚踹不出个屁。姨父追敏敏姨妈的时候，还是塑料厂的一个小科员。全家人都不看好，只有父亲总去姥爷跟前说这人工作勤勉、为人实在。

当初姨父想竞争一个主任岗位，谁也没觉着他能在大学生、干部子弟的竞争中突围。而且厂子刚放出风来要挑人选，他就告病回家休养。直到有一天，敏敏姨妈从单位下班回家后说起厂里要修一道围墙，防止住在厂子外头的村民抄近路进出工厂时偷物料，姨父突然就回了厂子上班，老早找人开好的诊断单也都烧掉了。

围墙修好后不久，一伙村民扛着农具在工厂门前堵住厂长，抗议围墙挡了他们经过工厂去镇上的路，要求拆掉。当时村民人多势众，越说越激动，突然有人伸出拳头朝厂长挥过来。这时姨父不知道从哪儿钻出来，一下挡在厂长前面挨了那拳。等姨父又在地上扛了几脚，传达室和保卫科的人才赶到。

将近一年抱恙没参加工作的姨父当上了主任，之后厂长调任省经委，他又成了厂长。国企转型改革期间，姨父让厂里的人买断工龄分批下岗。他在大会上的名言是，大家伙儿要自己下海学游泳，只要呛不死，就能漂起来。

经老厂长牵线搭桥，姨父与新加坡塑料大王顺利实现合资经营。不久，姨父成了中资法人代表，塑料厂重新上马，产品远销欧美，供不应求。一天夜里，姨父被人堵在厂子围墙底下，麻袋套头，照胸口捣了好几拳头，脑袋也被踹出了血。

那时厂子里除了各个车间主任和办公室主任还有财务部门

的，没剩几个人，谁冲出来替他挡？搞得姨父后来常年胸闷。唯一歪打正着的，是姨父嘴里原本有一颗长歪了的尖牙，正好揍掉了，愈合后下排牙齿反而长齐，一点牙缝没留。

姥爷知道后，把姨父和姨妈喊到家里，让他们两口子见好就收，厂子那么多人失业过苦日子，就你们发财，这合天理吗？

姨父前脚挨了训，后脚送给姥爷一块从澳门捎回来的腕表，姥爷没拆包就让二姥姥收进了柜子。二姥姥退休后闲来无事打扫衣橱，翻出表盒来打开一看，才知道是劳力士的满天星。姥爷找出表盒里的收据看了一眼，赶快拿打火机点了。

辞职转让个人股份后，姨父看起来也落寞了一段日子，之后很快带着敏敏姨妈去了美国加州落户。姨父和姨妈原本打算丁克，为此母亲还和父亲说，干脆把我过继给他们享福去。后来敏敏姨妈四十五岁时和姨父去做了试管，从四对胚胎里边挑出一对龙凤胎。敏敏姨妈给母亲说，这对龙凤胎集基因之大成，以后俩兄妹里会出一个美国总统。父亲背后跟我讲，听你姨妈放屁，那这个总统的自传怎么写？要不要写他爹妈是怎么搞到钱去老美把他们从实验室里鼓捣出来的？

不过父亲说这话时应该也清楚，随便这对龙凤胎怎么长大，都会比他二哥的独生子强。当初二大爷是三兄弟里边最早生出儿子的，可自从这位堂哥从部队义务兵复员回家，又先斩后奏地辞了一个国企岗位，二大爷就大大减少了和兄弟们的来往。

"我还是拿血压计去，量一下。"我说。

"不用。"父亲摇头。

"我现在好得很。"父亲说，"自从你奶奶没了，大爷总不接电话，许叔叫大水冲跑了，这些年我就只有你和你妈，没有朋友，其实也挺好。拉拉叫车撞死以后，你妈又给我买了条多多。它不传话，不害人，骂它两句也不反驳。我很知足。我肯定是有毛病，可我不会惹你们，也不会惹别人。"

"沈醉的字，"我说，"送人了还是你给卖了？"

父亲顿了顿："半卖半当。他当年往江姐手指甲盖里扎竹扦子，想想你现在是女军官了，再挂在家里不吉利。"

"是不吉利。"我点头，"你看看这个家还有什么好卖的，卖了都拉到你大哥家去。"

"我就知道。"父亲捧起茶壶露齿一笑，"不要对人性抱有期望。"

"别声张。"父亲又说，"等我那几只股票爬起来了，就找朋友赎回来。"

四

船头偶尔偏离航道直线，在冰面打旋、漂移前行。舱内的发动机轰鸣声覆盖了风雪嘈哮。被船体裙带蹭飞的雪片和没有弹性的雪末不断撞向舷窗玻璃。锥状日光打在泛蓝的冰层麻面上。不留雪的地方呈赭金色。

船艇停在狭长的浅裂纹地带附近，冰壳断块犬牙交错。大爷家的堂弟带了两个义务兵出舱下到冰面，其中有个戴眼镜的二年兵个头很高。他们三人拿着镐头、锹和冰镩，擦着滑儿挪行到翘起的冰壳前凿冰，敲开那些可能划伤气垫裙摆的冰碴儿。船艇稍后将驶过这里，继续贴近中俄国界，沿导航屏幕上的深紫色标识线向湖面东南侧开进。

十二月初，父亲高血压引起眩晕症，躺着下不来床。不是中风这种大病，但母亲发来的照片里，父亲铁青的面色、发乌的嘴唇以及想象他一夜频频翻身呕吐的倒霉鬼样子叫人很不好过。

我连夜从数据库调阅资料，工作会上提议前往黑龙江巡逻艇大队采编军营拜年专辑中的内容。口头计划通过后，立刻订了飞鸡西的机票，并将订票截图发给母亲，让她拿给父亲看。

在飞鸡西之前两天，堂弟加了我的微信，他表示很荣幸能在连队见到我，一定尽全力配合我的工作。我叮嘱他不要和连队的人多嘴，我是带着任务过去而不是串门子。他请我放心。

抵达中队当天，中午开饭前，我让分队长将堂弟叫到会议室。分队长带上门出去后，堂弟站起来向我打了个敬礼然后坐回座位。我问了问大爷的情况。他说大爷目前住在镇上，帮亲家带堂姐留下的两个女儿，如今大的小的都在上学，接送都是大爷去。

接着堂弟向我介绍他的工作。他自从新兵下连就在这个艇队，军改后也没有交流到其他单位，加上多年当艇长，应该说是名老骨干。可照他话里那意思，这些年他没有做什么值得一说的事，值得一写的就更没有了。我几次把话头往他比武立功的事情上引，他都表示没什么了不得的，都是分内事。

"我觉得分队有个事值得您采访报道。"他又站起来打了个敬礼才坐下继续说，"我们艇组有个士官老家在云南，休假探亲的时候发现村里有户人家特别贫困。两个孩子的父母一个残疾一个精神病，俩孩子冬天就穿着凉鞋去地里帮着干活。但回回考试姐弟俩都不差，姐姐高中年级第一，弟弟初中全校第一。士官归队以后把这个事给教导员说了，教导员先找当地武装部的人过去核实，等确认了，教导员把党员召集起来，每季度最后一周党团活动日我们都搞一次募捐活动，定期把捐款打到孩子卡里……"

我点着头打断他："你讲得挺好，可这类故事太多了。"

"这些事是真的。"他双手放在膝盖上，腰背挺得笔直，望着我慢条斯理地说道。

"每回考完试，这两个孩子都给艇队党支部写信汇报学习成绩。"堂弟说，"当时武装部的人去他们家拍视频，看到他们家里唯一用的电器是一盏电灯，锅盖是姐姐自己拿木头割了个圆盖，房子的墙角还是用木棍顶着……"

"你自己有什么困难吗？值得一说的。"

我抱起胳膊，手肘撑在跷起的二郎腿上。

"姐，"他再次站起来，"没有人的时候可以叫你姐吗？"

我点头，示意他坐下时又把腿放了下去。

"姐，"他说，"一会儿咱们开气垫艇巡逻的时候，有一个大高个儿的二年兵，他一下来就分在我们艇组，是我带的兵。前段时间他有个心结，我感觉一直到现在也没有解开。说实话，做他的思想工作是我入伍以来遇着的最大困难。"

晚饭后，堂弟带着二年兵到招待所。我们在二楼活动室的台球桌前拉了三把椅子坐下，堂弟从大衣兜里掏出三瓶格瓦斯摆在球桌沿儿上。

"万山老师。"二年兵说，"还是刚才上楼的时候跟您说的，这件事我已经能在心里边搁住了，没想到班长他还记着。"

"你也要理解。"我说，"你们班长当时在这件事上没有帮到你，他不得劲。"

"我知道。"二年兵点头，"我不该和班长聊这个的，可那天的新闻太突然了。当时刚进饭堂坐下，听新闻里说京都有家漫画公司着火，我还没有太大反应。等扭头看到屏幕上那栋无比熟悉的三层小黄楼冒出黑烟，看到救护担架出出进进，我心态就崩了。京阿尼在京都有三个工作室，一个对外开放的展示中心，一个总资源库，我根本没想到会是最核心的第一工作室着火。"

"当时我坐在他对面，"堂弟说，"看他眼泪唰一下子出来了。"

"没办法，本能反应。"二年兵耸了耸肩，"万山老师，您刚说您也看过 angle beats 和 k-on，那您应该知道京都动画在 ACG 界早就不是一家动画公司那么简单了。新闻里播报遇难者的年龄，我就能对应猜到是谁，根本接受不了武本监督和池田晶子会在名单里面。《日常》里的一句台词我特别喜欢，说我们所经历的每个平凡的日常，或许就是连续发生的奇迹，但奇迹唯独没有发生在他们身上。"

"明白。"我说。

"大学时跟他关系很好的一个日本留学生就在这个公司上班。"堂弟说，"火灾以后不见了，到现在也联系不上。"

二年兵低下头，盯着十指交叉的双手看了半天："其实如果班长不找我聊，我谁也不会说的。我没有奢望在这里得到安慰，可能有的人听到了还会骂我欠抽。可我和那个朋友真的很谈得来，他假期回日本的时候还帮我代买手办。"

"那也是他带你看漫画的？"我问。

"不是的，万山老师。"二年兵看着我扶了扶眼镜，"我打小没什么朋友。不知道班长和您说过没有，我父母做房地产之前是哈尔滨轴承厂的职工，您可能听说过这个厂。这个厂在二十世纪八十年代是东北最好的国企，六十年代就给职工分楼房住，现在我家还有一套，已经很破了，但是还在。我爷爷奶奶姥姥姥爷也在轴承厂。后来厂子接不到订单，机器停了，我爸妈每天上班也没事可干。二〇〇一年我三岁多，隐约有点印象，当时爸妈一个月工资加起来不到一百块钱，二〇〇二年的时候两人工资加起来不到二百。我感觉当时在深圳捡垃圾也不止这个数吧。二〇〇二年底，工厂买断，爸妈就留下我出省挣钱去了。"

二年兵接过堂弟递给他的格瓦斯喝了一口，"我本科上的教育学专业，辅修心理，教材上说小孩需要心理依托，要么通过父母长辈和老师寻找，要么自己找，找着什么算什么。那时候，我白天被老师关在托管班，晚上奶奶他们吃了晚饭就要睡觉，把我一个人锁在屋里。最早接受情感和认知教育的途径就是动画片，二〇一二年我正式入宅之后，自己的成长就更跟这些作者作品分不开了。可他们就这么死了，我连一声谢谢都没来得及说。"

"明白。"我说。

"我老想问你。"堂弟插话，"你这入的啥宅？为啥要入？"

"三两句话说不清。"二年兵说，"总之入宅的好处就是思维比较发散，随时跳出次元实行降维打击。"

"其实我还是想说，你太年轻，经历得少。"堂弟说，"往后还有更难的时候。"

"不，我经历过挫折，灭顶的那种。"二年兵说，"高考是我从小到大最惨的一次失败。我高中在哈三读的，统招。刚进高一我的目标就定好了，一定要考进黑大的新闻传播学院读新闻编导。"

二年兵说高考放分那天，他一直等到凌晨两点才登入系统。分数屏幕一出来赶紧拿手挡住总分，挨个科目往下看。数学、语文、英语，都超出了他的估分，最后看到文综，打眼就蒙了。那个分数低到他自己不敢相信，本想马上打电话给班主任，一看时间太晚，就坐在电脑前头一直发呆到第二天早上九点。第二天，二年兵和班主任说了分数，班主任也不相信，他的文综成绩总是班里数一数二的。班主任马上找教育部门联系核分，分数明细下来以后才知道，60分的论述题，二年兵只拿到8分，四道题0分，还有两道题的得分是3分和5分。

"从那天起直到今天，我的手机和银行卡的密码一直是那六道题的得分：050300。"二年兵说，"万山老师，您能明白那种吊车尾中的吊车尾……就好比说是明凯打了个'4396'的输出，你说你能怎么看？"

"明白。"我说，"我中考也砸了，特别闹心。"

"没考上？"二年兵问。

"怎么说呢……我初中作文写得还可以。"我说，"初三的时候，我们班主任想带我参加一个省里的中学生征文比赛，她给校长说了，校长很支持，要班主任带我好好准备，拿到奖了升学给我加10分。有段时间我就停课在图书馆里写稿子、改稿子，拿了二等奖里的第一名。后来中考我没发挥好，成绩出来一看，离本部的分数线正好差10分。班主任就带我去找校长，可中考前一个月换了校长，新上任的校长说这个征文加分的事不是他批示的，他不认可。班主任还不死心，早上六点半就带着我去校长家门口等，大概七点来钟，校长的老婆开门扔垃圾，一看班主任蹲在门口，说哎呀你吓死我了！赶快砰地把门一关。班主任跳起来趴在门上的猫眼旁边说了不少讨好和赔礼的话。过了十多分钟，校长出来了，西装革履，提着公文包。校长好像没有看见我们，边下楼梯边说了一句话，会写文章有个屁用。"

"然后呢？"二年兵问。

"其实那一年其他省重点中学的分数线并没有很高，我的分数还超了市一中的线7分。后来家里找了找人，就进一中了。"

我没有再讲下去的是，决定托人办进一中之前，父亲带我去了一趟黄冈中学。那时走进市里任何一家书店都能买到黄冈中学出的中高考模拟试卷和讲题，我的书桌和书包里装的教辅资料也全是黄冈出的。有老师称，黄冈是天下第一中学。

父亲和我先是从武汉坐长途汽车，之后改坐轮渡。往黄冈走的那天，暴雨如注。我坐在舷窗前的一把小马扎上，窗外江水浑黄，浪头翻涌。父亲找了个雨空扶我走出船舱。出发来黄冈前，我病了将近半月，高烧转成支气管炎，吃不下饭，也说不出话。父亲让我靠在临水的栏杆前，他指着前方岸边一块崖壁跟我说，他没来过黄冈，也没见过赤壁，但他头一年当兵就学会了背诵苏轼写的《赤壁怀古》。父亲说，林彪，二十五岁当红一军团总指挥，黄冈人；秦基伟，三十多岁率志愿军第三兵团十五军打上甘岭战役，黄冈人。他今天就要带我到出此等将帅之才的地方看一看，到全国公认最牛的学校找校长请教请教，会写文章究竟是算个屁，还是屁都不算。

上码头，等不到的士，我和父亲坐了一辆人力电动三轮车到了黄冈中学。路上，我抱怨他不找这边的战友安排安排。父亲慨叹，说借人一只羊，得还一头牛。

在传达室登记后进了校园，照传达室大爷指的路，我们找到办公楼，径直上了二楼校长办公室。那是一间二三十平米的屋子，门口两扇木门大敞着，和开了半扇的窗户之间有风对流，吹得屋中间的办公桌上纸页翻动。走进去，屋里除了校长，还有一位老师和一对父子在。那对父子坐在墙边的一张长条凳上，儿子穿着一件肥大的白衬衫，一条灰西装裤，裤腿挽着，光脚穿凉鞋。那位父亲穿一件透亮的汗衫，一条黑裤子，脚上是双草鞋。他脚边放着一根扁担和两个草篓子。水磨石地砖上到处是脚底沾下来的黄泥巴。校长一边翻看我的征文获奖证书和发表的小豆腐块文章剪报，一边听父亲介绍我的情况。

过了几分钟，校长抹了把额头的汗，走过来跟我握手，说他立刻就可以拍板特招我入学，择校费全免。校长说，只要我在黄冈读书期间发表作文或者获奖，学校就会按获奖级别发放奖学金，也许等到三年后毕业时，我不但把学费赚出来了，还能带回家一笔奖学金孝敬父母。说着，校长将坐在条凳上的父子向我们介绍，说这是一位了不得的父亲，他儿子刚获得市里奥数比赛金奖。校长说，学校会全免这个男孩三年的学杂费、住宿费，只要他拿上全国奥数奖牌，学校给的奖金就够他读三年书的生活费。

站在黄冈中学大道边的展示橱窗前，父亲接过我的书包背在肩上。他说了一段话，大意是摔了个狗吃屎无妨，别嚼，咽下去该干吗干吗。

"班长你是不是跟我说过，自己最困难的时候也是中考？"二年兵扭过头看堂弟，"不过不是没考上，好像是把录取通知书撕了。"

"撕了?"我看向堂弟。

堂弟不好意思地朝我笑笑:"刚考上的那一年撕了。"

"为什么?"我问他。

"没啥。"堂弟说,"那时候我母亲生病,一天比一天不行。我父亲在采石场的山上打石头、搬石头,就是连队门口停着的那种平头车,我父亲一个人一天能装六车。那时候我姐就不念书了,一个人跑到青岛的冷藏厂打工。她回家帮忙打苞谷粒的时候,看她的手肿得老胖,全长了冻疮。我姐学习成绩比我还好,可她就是不读了。我那年考上以后谁也没说,想了又想,一读高中又是三年,读完高中还有大学,读到哪年是个头,就把通知书撕了。告诉家里去市里上学,其实是到汽修店当学徒去了。后来被我姐的同学看见,告诉了我姐。我姐上汽修店找我,见面就打了我两个耳光。晚上我姐住在同学家里,她把我叫过去。那天晚上,我姐说着就给我跪下了。她说最大的心愿是看着我成才,光打工不读书是成不了才的。所以我第二年又考了一次,高中毕业才来当的兵。"

"高中都念了,为什么不读大学?"我问。

"我母亲在我高一的时候就没了。"堂弟说,"我父亲也好时不时生场病,家里全靠我姐一个人顶着。"

我看着堂弟。他的坐姿与神情像极了那天在黄冈中学见到的男孩。

堂弟说,有年暑假的一个中午,他在家午睡。那时堂姐刚辞了镇上的工作也在家歇着。刚睡得迷迷糊糊,听见院门开了,门板砸在墙上一下把他弄醒了。过会儿屋里冲进来一个女人,抓住堂姐的头发就往屋外拖。堂弟上去护，被跟进来的两个男人一下摁在地上，拿脚踩住堂弟的后背。那个女人把堂姐拖到外面街上，发够了疯才走。屋里的两个男人松开堂弟之后，把堂姐屋里的衣服、皮箱都抱走了。堂姐刚回家那两天，堂弟问她干得好好的为什么辞了，她只说想换个地方发财。

"其实是她和人家手机店的老板好了。"堂弟说，"老板每个月多给她开工资，被他老婆发现了，来家里的仨人是老板娘和她俩哥哥……"

我拍了一下发愣的二年兵："听你班长说这些，你什么感受？"

二年兵站起来打了个敬礼："报告，我想上个厕所。"

等二年兵小跑出活动室，堂弟接着讲下去。

"我姐是这样才去的三叔那儿，去投奔的你们。当时老板娘的俩哥哥把姐姐的东西都抱走了，他们说这都是老板给她买的，不该她留着。其实姐姐的每件衣服我都见过，大部分是我三叔邮回来的你穿过的衣服。我姐说你穿衣服讲究，旧衣服比别人家买的新衣裳还好。你写的那几幅大字她老是翻来覆去地看。我爹嫌她总看书不出去打工，有一回把你写的字点上烧了，我姐差点和他拼命。其实就算我读了大学也达不到我姐的理想。她总想要么是她，要么是我，能当上和你一样的人。

"我姐到死那天都要强，她拿着在你们那儿打工赚的钱回来结婚，生了两个丫头。我姐夫说两个丫头可以了，她非要生男孩。后来怀上了，去医院检查，大夫说这个小子长在她上两回剖腹产的其中一道疤上，不拿掉可能会顶破肚皮，可我姐说什么也不同意，谁劝也不好使。最后孩子没生下来，自己也完了。我姐夫到现在还没找，可两个丫头大的大小的小，再上哪儿找自己的妈。

"姐，你的名字好听，三叔跟我说是他亲自起的。我小学一年级报到，老师统计名字，我告诉老师，我只有小名，没有大名。老师就问我妈，我妈那段时间犯了癔症，见着老师连人都认不得。后来报到教务主任，主任说那就给他起一个，再报到大队村委，我才有了名字。"

二年兵回来时从兜里掏出一个盒子递给我，是k-on秋山澪的纪念手办。

"万山老师，"二年兵说，"班长对我很照顾，可他不喜欢这种东西，就送给您吧。"

堂弟凑上来瞅了一眼："这玩意儿很贵吧？"

"还好。"二年兵说，"我自己赚钱买的。"

"你每个月的津贴够吗？"堂弟问。

"还有存款啊。"二年兵说，"入伍之前我一直在肯德基打小时工，上下午四点到凌晨两点的打烊班。前台、总配、前厅都做过，在文化宫对面那家店就做了三年，有些经理都没我干的时间长。后来给小孩当家教，一个小时最低一百。我还在黑大的创协当过副主任，黑大4号楼底下有个创业园区，我当时做了一个'园区大本营'的活动策划，反响很好，二〇一六年省长去黑大参观学生文化科技创业园，我作为创协代表作了介绍发言。"

"那你干吗来当兵呢？"我问他。

"想锻炼啊，体会不同的人生。"二年兵说，"以前我每天最大的体能消耗就是从黑大宿舍骑自行车到博物馆。而且宅男嘛，也太单纯啊。我在济南新兵训练基地的班长送给我一句话，说我跑步跑不明白，内务整不明白，班长脸色看不明白。"

"那现在呢？"

"刚才班长说的那些事，之前断断续续听他讲过一些，"二年兵若有所思地望着墙壁，"这回再听他讲，我还是很难过。我很喜欢周星驰，可是以前只觉得搞笑而已。上半年旅里边组织视频会议，就是班长也知道的叫……"

"'我向组织讲实情，组织为我解忧愁。'"堂弟说，"家里有困难的可以申请特困党员补助。"

"就是这个。"二年兵说，"很多人知道我写东西还不错，就来找我，让我帮他们写反映材料。我们分队的炊事班有个班长，他家丫头得了噬血细胞综合征，班长去重症监护室探视，都认不出自己的孩子是里边的哪一个。我看了他给的照片，每个小孩子身上都插着很多管子，全身浮肿，起满红疹子。当时班长和他媳妇都想放弃了，一天一两万块钱往里扔，最多也只能再支撑一个礼拜就彻底没钱了。我拿到班长从医院发来的资料，熬了两夜把材料整出来，还做了PPT，让分队长拿到旅里面汇报情况，为班长女儿筹钱。"

"后来真感觉是神兵天降！"堂弟说，"给我们造巡逻艇的一个浙江老板正好过来调研，听说这个事就一把捐了二十万，加上战友在网上发动捐款筹了九万，旅里边也捐了些钱，现在小孩做完三个疗程的化疗以后情况很稳定、很好。"

"那还有额外的收获吗？"我问二年兵。

"能看懂班长脸色了。"二年兵笑着看了堂弟一眼，"其实我刚说的班长他都不想听，他最想问的也没问出来。"

"你知道我想问啥？"堂弟说。

"你不就想知道我思想跑偏没。"二年兵拍了一下堂弟，"我看过一部纪录片叫《空中浩劫》，有一集讲日本一架123号航班失事。我记得死了四百九十七个人，只活下来三个。其实飞机出事以后，机上还有很多幸存者。但日本的空中自卫队一看落下去救援有危险，没有下落直接飞走了，表面看是飞行员的选择，实际呢？

"有一部动漫里讲一个主角方的团长去救一个男孩，忽然被旁边一个家伙咬住胳膊拖走了。让我震撼的是团长没有喊救命或者快来救我，而是指着前方说：'前进！'这是我理解的，战争中一个优秀指挥官应有的素质，他会把指挥部队看作高于个人生存的第一任务。对应到中国，这个角色让我想起，一位是戴安澜将军，一位是左权同志。我们绝对不会出现自卫队飞过失事地点却因为怕死而不降落的。"

"悟性还挺高。"堂弟说。

"聪明人一点就透，山驴棒打不回头呗。"二年兵说。

"那你入伍之后经历过吗？"我问二年兵，"某个'前进'的时刻？"

二年兵点头："我一直记得第一次跟艇队出江那天回来发生的事。那天风浪特别大，还下着暴雨。我们的船在水里直上直下地颠簸，晃吐了我好几回。我们一直在照着导航开，可风一刮过来船就跟着跑，不断偏离航线。当时开船的是我们分队长，拐弯的时候球阀和油门没配合好，也可能是被暴雨吓完了，心里边溜号儿，船头一下漂出去二十多米。班长赶紧让分队长把球阀拉下来，先别熄火，他带我出去把锚放下去。可是锚的重量不够，船又往汊河里干出去十多米，一头卡在草滩上彻底歇了。班长过去猛轰油门，就是给不上力。他出舱瞅了一眼，回来告诉我们，是水草吸进了泵舱，他必须下水去船底掏出来。当时班长把手表摘下来交给我，说他二十分钟就能把船整明白，让我帮他看着时间。其实他是知道我怕了，想给我点信心。

"班长和分队长俩人脱了军装跳下水，刚一下去水就没到脖子。当时才五月份，水里还有没化干净的冰碴子。班长和分队长俩人轮着潜进水里掏泵，然后浮上来，再一点点把船推到适合启船的地方。等班长爬上船的时候，我看他露在外面的皮肤又紫又黄。分队长怕了，不想开了。班长就坐到驾驶座上缓了几秒，启动船艇。

"当时天和江的颜色都是灰的，航道和雨打成一片，再跟导航跑的错误率是百分之八十。周围几乎没有参照物，都被水盖了。但如果再开不出去，就很可能漂到俄罗斯的界河上。那段时间我们和那边关系一般，他们开枪都有可能。最后是班长在一片海一样的水上摸着往回开，平时半个小时的路那天走了快俩小时才到码头。"

"怎么说呢。"二年兵摘下眼镜，闭上眼睛许久未说话。

"这种事很正常，你那是头一回经历所以害怕。"堂弟说。

"不是的，班长。"二年兵说，"我是那一天认识到，能教人活下来的才是根本。"

五

往后三四天，我没有再和堂弟单独见面或说话。从艇队营房向外看，湖际线被冻平成一道银灰色横线。每天看见堂弟，就像看见从升到落都离不了那条直线多远的太阳。总是小小身影。

周末，大队组织"三江KPL"大赛，两个分队和大队部参战。二年兵领着四个义务兵组队打了个冠军。同事当时在队部会议室拍了一些素材。镜头里，一个OB连到队部会议室的电视投屏，观战人员雅雀无声。堂弟在后排角上坐着，瞪着屏幕上的跳跃小人与喷射火焰，神情略显惊讶。

返程的飞机上，我读了二年兵发给我的、堂弟写的发言稿。六页纸上，堂弟写的字挤挤挨挨。有一页纸我看得认真：

> 我父亲小时候家里生活非常拮据，用小品里的话说，家里唯一的家用电器是手电筒。父亲在家排行老大，下边有两个弟弟。因为我爷爷死得早，养活母亲和两个弟弟的责任就落在了父亲肩上。因为这份责任，命运将他定格在了一个普普通通的农民。我的二叔和三叔陆续穿上军装，踏上了开往军营的列车。而我父亲只有走不完的荒山、扛不完的柴火捆。有一次二叔回来探家，我看见父亲在村里村外的赞扬声中落泪，弟弟的成功里蕴藏着父亲的汗水和辛劳，为此父亲感到骄傲和自豪，但他同时也因为弟弟的成就感到了自卑……

> 自从我母亲生病，学习成绩比我好的姐姐就辍学打工了。父亲也知道自己重男轻女了，所以他总嘱咐我好好干，以后可以不养他，也要报答我的姐姐。初中学过一篇课文，叫《送东阳马生序》，我在参军前也有点像这篇文章里写的，穷得买不起书。就算我有一点钱，也想先买俩馒头而不是买书。那时为了省钱，我从来没有在食堂吃过一块钱一顿的宵夜，哪怕一包五毛钱的方便

面。下了晚自习，我每天晚上都在水房里接着学到半夜，虽然挺冷，但冻一冻更精神。我想让父亲找二叔和三叔多帮一帮我们，但父亲说他不愿给兄弟添麻烦，闯外比在家更难，不如痛快一个算一个。我知道，他也是不愿意让人知道他没本事让我们过上好生活。

我母亲病逝后，父亲一个人住在村里。当时有一些人来找他，让他加入这个教、那个教，父亲都拒绝了。他说：我谁都不信，就信我儿子。为了父亲这句话，我入伍后非常努力，留士官后上士官学校继续学习，取得了一点小成绩，但我想这不是终点。

现今网络上有很多人说寒门再难出贵子，一个穷人走在街上比一粒黑米掉进大米还显眼。可是我认为，贵子的意思并不单指有钱人，他也应该是一个有本事、有灵魂的人，一个敢于担当、冲锋在前的人。今年是珍宝岛自卫反击战胜利五十周年，许多普通人曾一夜之间成为英雄。我想我这辈子都当不了马云，却一定能当好一名战士，全心全意完成每件组织交给我的任务，为了荣誉奋斗到老。

二年兵说，他真心认为班长这篇发言稿写得平实动人，但报到队里给打了回来。领导说，这种自刨老底的稿子还是等日后当上将军再念比较合适。

农历腊月二十九。窗外白雪洋洋洒洒，屋内茶气香盈，暖意融融。从上了霜雾的窗玻璃朝外看，两棵茶梅树的枝子上缀满敦实的玫色花朵。对面小楼屋顶的橘红色瓦片上盖了点雪，像柿子蘸白糖。

赶在傍晚落雪之前，和父亲去了一趟许叔被大水冲跑的小广场。原先靠近人防工事的地下商城已挖空成为一座摩天高楼的地基，四周被高耸的蓝色钢板包围，我和父亲趴在缝隙前只能看到一个巨型深坑。许叔是当年和父亲、汪叔一起参军的同年兵，许叔因为和部队服务社里一个女孩搞对象，被老家的媳妇告到连队支部，没提上干就志愿兵转业了。

千禧年南方水灾，圭塘河长善垸有决堤险情，国务院总理坐镇一线指挥。许叔那时在商城底下组织商户撤离。大部队往外疏散时，有几家小店的老板逆着人流往回跑，要抢搬自家货物。等许叔返回找到他们，水都没到腰上了。许叔拽着他们向安全通道的楼梯口跑，几个人还边哭边抱着箱包不肯撒手。

不知道许叔第几次进去时，据最后一个见到他的人说，许叔被一张台球桌撞进水里冲走了。地下商城的人防工事与省城人防主干道相接，连着入江水闸。父亲讲，许叔大概是顺水流漂进了江里。因为施工地的大门锁着，父亲就走到大门旁边一棵树前，双手拍了拍那棵树。

此刻，母亲在餐厅与敏敏姨妈视频，父亲在院里遛狗。这些年只要没有急事，他都步行出门。用的手机是七八年前我买电脑配送的一台傻瓜机，只能接打电话和发短信。他每天有固定开机时间，就两三个钟头，错过了联系不上。他出门走的路线也不规律，今天从东门出，南门回来，明天就绕到院子北门出去，西门回来。连进家门也前门后门不一定。乘地铁，父亲有时会先往相反方向坐两站，再换乘前往目的地。

一天，我和父亲到一座高楼的观光餐厅吃饭。坐电梯到了中间某层，门开时有几个男人走进来。父亲扭头跟我说，你先去餐厅等，就快步走出电梯。我在餐厅坐了很久他才到。他说感觉后来上电梯的那几个人气味不对，改爬楼梯上来的。

刚才父亲坐在这里泡茶时自嘲，说人的良心的确虚伪，他总教导我不要自私，可要让他从嘴里省出茶叶钱来，他也不乐意。

"闹不清。"父亲说，"是想你弟多个依靠，还是往后你有一个能转圜的地方。"

"给你一句忠告。"父亲抱起茶壶贴在面颊上，"别对人性太好奇。"

"是。"我点头，"问我弟为什么要叫狍子傻狍子。我弟说，在东北打猎遇见狍子，你只要随便放一枪，站着别动就行了，过会儿那个狍子就会自己跑过来，站到你跟前好奇地瞅。这时候你再给一枪，它就完蛋。"

礼　堂

　　码头上拴着一艘铁焊的、能住人的趸船，离艇组在岸上的活动板房不到二百米。艇组的组长和分队的教导员睡在舱室。

　　半夜，教导员醒了。船头有个声音，持续地铛、铛、铛。某个东西正在撞击。教导员弓着腰从驾驶座后头的长条椅上坐起，披上大衣爬到甲板。凭他的第一感觉，应当是江水回流里的浪在推船，绑在船头的碰垫撞在岸上发出响声。

　　他探出身看，发现碰垫离岸有一定距离，缆绳也没松。仔细听，刚才的声音也停了。钻回舱房，他脑袋刚挨上椅垫，那个声音又来了，铛、铛、铛。他辨认着听，越听越像一个人落水了，在用脑袋撞击船壳。大队有通知，上游翻了艘渔船，要是见了尸体漂下来就给队里报一声。

　　教导员叼上手电，爬到舱外再次检查碰垫和码头。水中无浪，船头也一动不动。他往船尾走时，手电朝水里晃了一下。电筒刹那照见一个东西。

　　他倒退到驾驶舱窗前，使劲敲了几下玻璃。舱里的艇组长从驾驶台上爬起来，扭头四处看了看，过会儿跳上甲板，接过教导员手里的手电，走到船尾往水里照。

乍看，黢黑的江水里有一个长发披散的圆形头颅，被回流推着撞向船尾，弹开后又被水流卷回来。艇组长蹲下来瞅了瞅。

"是个塔头墩子。"艇组长回过身对教导员说。

"啥墩子？"教导员反问。

"就是从沼泽湿地上漂出来的一块草甸子。"艇组长说。

艇组长从教导员手里接过探水竿，捅进江水里来回摆弄。过会儿挑起塔头，叫教导员到跟前看。腐坏的草根密密地扎紧一小块土，草枝子湿漉漉的，腥臭。

岸上的香杨、柴桦和沼柳条叶交错，在风中摆动时发出沙沙声。夜鸟唧唧直叫。一条麻蛇钻出水蓼，蹭上渗水的泥地，顺着逶迤伸展的小路虬曲向前，月光下的皮纹灼灼发亮。

教导员双臂交抱，噙着烟望着江心。他听县文化馆的霞姨唱过一个故事。荒古。挠力河边一个叫满格木莫日根的人被凶兽叼走，他十四岁的儿子——希尔达鲁莫日根听闻噩耗寸断肝肠，上仓房拿起父亲的弓箭，挎上母亲手缝的马哈鱼皮箭囊。父亲已不在仓房了，他用过的东西，晒的肉干、鱼皮和鱼都在。希尔达鲁莫日根环顾其间，喊了声爸爸就昏倒在地。

前年，从江对岸游过来一只东北虎，吃掉了拴在活动板房门前的小笨狗。留下一条狗尾巴和一只前爪。次日清晨，被一个准备去江边提水的新兵发现了。那只小笨狗是刚回舱补觉的艇组长从家里抱过来的。

教导员直抽到烟快燃完了才扔掉烟屁股。艇组长比他小好几岁，见了水里的塔头淡定处之。自己父亲还是从前线退下来的炮兵，反倒尿了。

"前线铺满黄金龟儿子敢去，阵地布满地雷老子敢上"是当年父亲参战时期的口号。父亲那一拨入伍的战士，有一大部分是铁路职工子弟。运兵的军列停靠在火车站听候开动，坐父亲旁边的一个战士指着对面楼上亮灯的窗户，说那就是我的家。很多战士的家长赶到站台，围上前呼喊自己儿子的名字。遵照纪律，谁也不能下车，有人就钻到座位底下不让家里人看见。汽笛声响时，藏起来的人和扒着窗户招手的人一同大哭，有几个人唱起了《再见吧，妈妈》。

父亲他们经过三天三夜的铁路输送和一天两夜的摩托化机动才到前线。刚上战场那些天，二十四小时趴在工事上捕捉目标。白天炮击不断，夜里，敌方特工频频偷袭。前半个月，大家困了就靠在工事上打个盹儿，连背包都没有打开过。过后打开背包时，才发现已经成了老鼠窝。里面钻着大大小小的老鼠，被子都给咬烂了。有人吃罐头不过瘾，就烤老鼠崽儿吃。

教导员刚到艇上巡江那段日子，背上撂着层地起疹子。艇队的老班长几乎人人有风湿病、骨膜炎，后背上长潮疙瘩。父亲给他寄来两盒草本药膏。父亲说起在前线时，那地方十天九雾。洞里闷热潮湿，不见阳光，衣服被子都发了霉。衣料黏在皮肤上，不光痒、起疹子，还烂裆。有人身上的湿疹化了脓，和衣服黏在一起。后来不少人干脆光身子，或者套个编织袋在身上当衣服。

有时一开船，就得好一阵子没地方蹲坑。父亲他们那时在洞里，有人用空罐头盒解决，有人就地痛快了再拿铁锹培上一层土。

　　一个步兵防化班长要父亲陪他出去解手，帮他听着点儿迫击炮的动静。出了工事，班长到一个隐蔽的地方蹲下，父亲猫着腰警戒观察。班长刚蹲一会儿，父亲就听见迫击炮的发射声。估摸射击方向不好，父亲上前拽起那个防化班长就跑。刚离开，炮弹就在防化班长蹲过的地方爆炸了。他俩被冲击波顶飞出去，父亲落在土坑里侥幸没受伤，防化班长提裤子那只手的腕子摔断了。

　　复员后，父亲回老家当了警察。父亲推着坐轮椅的战友去监狱作战斗事迹报告，下会以后进号子教犯人怎么把被子叠成豆腐块。用母亲的话说，父亲起点不错，就是做事老不赶趟。母亲说父亲跟美白牙膏似的，能刷鞋、刷首饰，刷抠不掉的双面胶，就是刷牙刷不白。

　　教导员从武装部出发往分配地走的那天，父亲在从单位赶来送大红花的路上遇着个抢包贼，翻墙去追的时候把裤裆撕了。摁倒小偷时，又给胳膊划了一道口子。他母亲蹬着车走了老远，都没有找见卖大红花的，就买了一朵新郎结婚戴的小红花给他别在胸前。教导员有个同学，背包是家里当兵的干部亲手打的，挺板正，背着怎么跑也没事。他的背包是自己打的，没等挤上火车就松了架，只好抱着。

　　到山东烟台时已经黑了天。候船大厅，带队干部发给每人一份面包、火腿肠和矿泉水，通知他们准备换乘轮船到大连。原本计划八点钟登船，又突然接到大风警报，说推迟到凌晨两点再出航。一群人困得睁不开眼，搂着背囊埋头打盹儿。凌晨两点半，带队干部叫醒所有人登船。教导员迷里迷瞪走上码头，到海洋岛号近前抬头一看，那客轮有五层楼那么高。

船顶着大风警报前进了，在浪里晃得格外厉害。教导员蜷在床上头疼恶心，浑身发冷。过会儿爬起来扶着床架子，蹲在垃圾篓边上把刚吃的全吐出来了。反复几次，就开始吐黄绿色的胆汁。他走出屋，扶着楼道把手慢慢往前挪。到了前台，看见带队干部坐在地上抽烟。教导员问他有没有晕船药，带队干部说他带的药都分完了，问问前台吧。

找到前台，女服务员说她手里的药也分完了，建议他往甲板上走，那里通风，能透口气。教导员又摸着墙去找甲板，拽错了好几个门把手才找到通风口。

站在甲板上，涌上高空的浪峰通体银白。风与浪的尖啸声令他毛骨悚然。衣服还未被水汽泡透，他就缩回了船舱。

教导员想到这儿，觉得那恐惧更胜今晚方才。

艇组长躺回舱里，觉着刚才起来这顿折腾，把他弄饿了。不多时，想起他跟奶奶去村外的河沟里摸螃蟹。

那是一条下游河，河道窄，水流急。长年流水，水底下长满了长长的水草。脚踩上去特别滑，一不小心就栽跟头。奶奶在岸边的石头上铺了块手帕坐下，指挥他下水。

那天的河水正好漫到他两个腿叉之间。奶奶一再叫他别把腰弯得太狠，别把上半身衣服打湿了。他在水里深一脚浅一脚地倒退着走，感觉踩到水底下有东西就赶快弯腰下手摸出来。有好几次他出手的速度太慢，脚一碰着螃蟹，螃蟹就顺水跑了。过会儿他掏上来正在交配的一对，还有一只母蟹裹着一只小蟹，奶奶叫他都给扔回水里去。

带回家的一桶螃蟹，他捞出来几只个头大的放进水缸。缸里有从河道捞的水草和鹅卵石。夜静的时候，能听见缸里唰唰唰的声音。

等把螃蟹养大一圈，他也攒够了一塑料瓶的瘪眼子花生米。他记得母亲临到晚上睡前总嗳气、烧心，嚼上几粒瘪眼子花生就会好些。

"又寻思给你妈送？"奶奶问他。

他最不爱和奶奶说这个，就光点头。

"送她是白送。"奶奶说，"熊啊，年年端午给你抱走一只胖大母鸡，你个兔崽子。"

他给母亲送第一只老母鸡的时候，母亲就托带东西的人捎回过话，往后什么也别给她拿，她不缺。他也寻思过，是不是带东西的叔可怜他孝心，明知道送不下也给拿走了，不然为什么这两年连句回话都再没有过。

奶奶评价，他母亲这种人就跟脚底下的黑土地一样，见太阳死硬死硬，一下雨光咻溜儿光咻溜儿，不是杠硬，就是贼拉软。当初那个变故，换作别人家的妈，肯定不会找算儿子跟丈夫。

这些话奶奶叨叨了很多年，从起初一口气说完，到后来得喘上好几次才能数落明白。奶奶查出肺癌晚期的时候，已经开始时不时昏迷。在县医院治疗效果不大，又转回了镇上的卫生院。奶奶临终前，他在单位带队集训走不开，是奶奶的亲侄女，他表姑在床前伺候。等回家给奶奶奔丧才听表姑说，卫生院的人都觉着奶奶的病虽然没的救治，可不至于走那么快，也许是自己偷喝了药。

他觉得这挺像奶奶能干出来的事，奶奶最烦拖累。当初他母亲离家不久，奶奶就把他接回自己的住处。奶奶对他讲，他父亲小时候在山里吃了一把野蚕豆，回到家口吐白沫，脑子给毒坏了，模样正常其实有点傻。要是带着他这个拖累，更不好再找对象。

把他安顿下不久，奶奶托人给他父亲介绍了带着个丫头的寡妇，比父亲大四岁。奶奶回家开了瓶小烧，给他倒了一盅。奶奶说，她欠熊孙子一个交代，往后定会尽心尽力，不亏待他的人生。

中考前一个月，中午他坐在教室吃奶奶给带的馒头，嚼了几口觉着味道不对，胃里发烧还犯恶心。同桌拿起他装馒头的袋子一看，是个洗衣粉袋。

曙色微明。已能依稀看清连队板房松松砌就的砖头院墙和掩映在草丛里的防兽铁丝网。教导员望见有战士从活动板房里走出来，就敲敲窗玻璃，叫醒艇组长。

两人在江边漱了漱口。教导员双手舀起一点水，在脸上抹了两把。

"导，你多弄点水洗，再不洗洗不出来了。"艇组长说。

教导员蹲下又舀了几捧水浇到脸上，来回搓了搓。艇组长弯下腰，把从陆战靴筒里冒出来的裤腿扎紧，解开鞋带系了个十字结。

板房里，炊事班长给备好了饭菜。小塑料圆桌上摆着炒茄子丝、炒白菜、炖豆腐、炒菜花、炒角瓜、炖土豆，还有两个凉碟的小咸菜。

教导员坐在艇组长对面的小凳上，边嚼烙饼边瞅他。

"你真是享了长相的福。"教导员说。

"啥意思?"

"虎林艇组的那个老太太，谁能跟她处明白了? 全大队也就是你没挨过她的告状。"教导员说。

"跟小白脸子没关系。"艇组长说，"我刚去的时候她也闹，早上带队跑操喊个口号她也举报我扰民。我就琢磨，问题到底出在哪儿。最后叫我给想明白了，她是埋怨我们不带她玩。老太太是大姑娘的时候，和艇队关系处得相当好，有来有往，后来上年纪，成老婆子了，艇队这些小年轻就不爱再上她家去，这不就整出隔膜了嘛。"

"那你咋哄的，找她跳皮筋啊？"

"我那会儿上她家去谈的。"艇组长说，"我跟她说，大娘，艇组挨着您家住，这个种菜我们不懂，您要多帮我们。老太太就说，那是你们的地，我可管不着。我就再跟她说，您这话说得太生分，什么你的我的，我们出力气种地，您和我们一块儿吃好不好？往后供给到了，我都叫人先挑点好看的水果给她拿过去。每回放下仨瓜俩枣，走的时候老太太都给杀一只鸡，要么一只大鹅带上，还有一大包鸡蛋、鹅蛋、山核桃、红薯干、蕨菜。有要复员的战士跟着巡江，我就去找老太太，跟她说这小孩要回老家了，饯行饭就在你家吃啊，可说好了。每回老太太都张罗一大桌菜，吃完撵着我们走，不让留下帮忙收拾。"

"老太太的心理你给把握得挺到位。"教导员说。

"我是老太太从小带大的。"艇组长说，"那只叫老虎吃了的小狗，就是我奶奶养的，叫我抱过来了。"

"你奶奶舍得叫你抱走？"

"我奶奶在茶缸里泡她的假牙，叫那狗叼出来套自己牙上了。"艇组长说，"我奶奶掰完苞米回家一看，牙没了，晚上喂狗才见它嘴里戴着牙呢。直接牙留下，狗给踹出去了。"

艇组长扎开一盒牛奶递给教导员，自己掰了块馒头，蹲到门框边撕一点喂进嘴里。左手边就是过去拴他那条小狗的空地。

听岛上哨所的老班长说，一九九六年夏天，从俄方游过来两个喝醉的士兵，到老百姓家踹门砸窗户要酒喝。那户人家是鄂伦春族，家里的老头从梁上取下一支土枪，架到窗户跟前比画。那俩士兵一见，扭头跳进江里游跑了。从那边跟过来的狗，爪子受了伤，被老头抱回鹅圈养起来。时隔二十多年，俄方的老虎又游过来吃了他的狗。一来一去，谁的狗也没多，也没少。

临到中午开饭前，教导员接到上级电话。说俄方刚发来通报，他们的海军巡逻艇捞到了那具渔民尸体，下午让教导员和艇组长领队，带上二分队的翻译过去交接。渔民家属的船会跟上，艇组的船将渔民家属带到648航道的7号码头再返回。

俄方的一名中尉和一名战士用渔网兜着那个渔民，放到渔民家属的小铁船上。翻译从挎包里掏出一瓶百老泉，浇在泡胀的尸体上遮味。

教导员和艇组长在982艇上的驾驶舱里等。过会儿翻译从小铁船上跳到艇上，隔着舱玻璃冲他俩挥手。

"快走快走。"翻译钻进舱门时使劲摆手。

艇组长发动了一下船，发现点不着火，连打了三回船才有反应。这两三分钟间，翻译扯下帽子，跳到驾驶座和副驾驶座之间使劲拍打座椅，催他们赶快把船开走。

船起了航翻译才说，江面和地界上一样，讲究不能和死人抢道。渔民家属开的小铁船走得慢，要是被它抢在道前，回程这一路就得跟在它屁股后头荡悠，天黑前未必能赶回驻点。

"俄方那俩水兵是不是把人交过来以后，又把渔网给收走了？"翻译问。

"那玩意儿对他们来说可金贵。"教导员说。

"估计翻译都不知道他们那网咋来的。"艇组长说。

"编的呗。"翻译说。

"那是有渔民把网下到了人家那边，叫人家给缴了。"艇组长说，"他们拿到那网比得着一筐鱼还高兴。"

正说着话，艇组长发现船艇的转速从一千二一下提到将近一千六，船艇瞬时直朝前方猛冲。

艇组长眼瞅着艇要失控飞车，向着航道方向，大力打了把舵。

"日他哥的！"艇组长揽住舵大喊，"我把舵绳干折了！"

"快关柴油机油阀，堵死进气道！"教导员边喊边冲上去拉下油门。

熄火后，船艇一头插进江汊子里的滩涂。

"仔细瞅瞅，是供油部件卡死了还是高压油泵坏了。"教导员带人爬出舱去。

这地方没有明确的岸形。教导员张望了一眼，滩地上遍布柳毛子、山丁子和臭李子树。远处江面，一只山狸子露着半截脑袋，正在过江。

艇组长随后跟出来，叫人把撑竿放进水里将船头别出去。试了几回，肌疙瘩最粗的班长也没撑动。教导员又走到船尾看船屁股，底下坐得有点实，看样子也没法一下给船拖到水深的地方。

"上缆绳拉船头吧。"艇组长叉着腰喊，"船头跟江汊子水面平行的，能拉出来。"

艇组长说这话时并无十分把握。刚下江开艇那年他就浅过船，拽艇的时候缆绳给扯断了。上级找地方协调的钢绳送到之前，艇上的人没吃少喝地原地扛了三天。

解缆时，一只江鸥从天顶落下，停在船舷。待缆绳绑在浅了滩的船艇的羊角上，准备往外拖拽时，江鸥扑棱翅膀飞进一旁的灌丛。当船艇回到水中，它又从水里的矮林中飞起，落了回来。

船艇再次开动，舱里有一种嗡嗡叫的静寂。舱外那只伴着艇低飞的江鸥，正用一只亮闪闪的眼睛看着副驾驶座上的艇组长。

那年集训结束后，艇组长连夜赶回家，表姑和表姑父在等着他。表姑说奶奶临走前交代了话，意思是自己很有可能搁心不下，不情愿走。要是那样再在家里整出什么动静来，就叫熊孙子上屋外折一根桃树枝子，在屋里各个房间的地上抽打抽打，把她撵走。

如今这只鸟，水浪打着它也没走，叫艇组长想到奶奶说过的话。

收江后不久，冬季来了。下午四点，天黑下来，教导员在办公室泡了杯茶，一边吸溜一边想，还是夏天能出船的时候有意思。两国的口岸也在夏季时往来最热闹。县城广场一到傍晚，好些长得和瓷娃娃一样的混血小孩，只穿着一条纸尿裤到处跑。每每有头一回到县里消夏的外地人，问他们的爷爷奶奶怎么不给小孩穿件上衣，老人们就会有几分得意地说，小孩的妈妈是俄罗斯人，天生体质好，穿多穿少都不生病。

跟着在俄罗斯做生意的中国丈夫回县城的俄罗斯女人，入夜后和她们的丈夫各人手里边拎一瓶冰啤，要么坐在路边长椅上饮酒，要么溜达进十元店，边喝边选货。逛十元店是她们最乐得的消遣。

教导员赶着年根儿办了件大事。队里以前在锅炉房工作的一名三期士官，烧锅炉那些年间弄得腰间盘突出，压迫神经疼得晚上也休息不好。去年又遇上全队锅炉改造，他一天到晚往楼上抬暖气片，把腰累完了。今年这名士官要退伍，找到教导员，说想让单位给开个证明，讲明他腰上的毛病是在经年累月的工作中落下的。这件事教导员一口应承了，可新来搭班子的队长年轻，怕担责任，就跟士官推托，说开这种玩意儿到社会上不好使，再说腰间盘的毛病也够不上评残。

教导员趁上级找他谈转退意愿的时候提了这事。他表示虽说自己近两年的工作有瑕疵，自认还是有个面子提一个要求。他恳请领导找军医给这名士官开个制式证明，最好领导能签上字。领导痛快地允了，不光签上字，还给盖了单位的章。

那天晚饭，领导留教导员在大队的小灶上吃。领导问他，还有什么要求和想法，可以再提。教导员尝了口领导给他舀进碗里的小鸡榛蘑汤，点着脑袋说还真有一件事要托领导多上心。

前年，一名刚转上士官的战士借探亲休假，瞒着队里更改了返家的车票日期，跟几个渔民去湖上打鱼，被大风刮进了湖面上没有冻实的"龙口"里。这件事叫教导员背了个处分，当年的职务也没解决。按他的年龄，级别上不去就只能等转业。

父亲跟教导员讲过一个自己救自己的故事。一天晚上，大雨如注，天黑如墨。狂风掀开了前线防御工事的表面伪装，工事里进水塌方。敌对双方一时间都顾不上战事，先投入自救。父亲所在连队的观察所工事里边，水深已达四十厘米。全连只留了一个侦察兵在观察孔警戒，其余人员悉数参加工事的排水和抢修。就在抢修进行一个来小时后，父亲抢下去的铁锹挖断了一枚埋在土中的已朽手榴弹木柄，眼看泥里蹿上一股白烟。这时，父亲又狠劲抢了一铲子下去，将那枚冒着烟的手榴弹扬起十几米后爆炸。

教导员打小总听这样的事，觉得人比猫不差，不说九条命，起码没那么容易被干完蛋。可那名战士说完就完，自己的事业也跟东北冬至时候的大鹅一样，枪眼子顶了屁眼子。

这两年的清明节，教导员都叫上那名战士的老班长一起到湖边烧纸。逢上中秋和春节，他就上网挑点好吃好用的，给那名战士的母亲寄过去。赶上老士官回家休探亲假，他就给人家转个红包，叫他们在老家当地买点特产快递给那名战士的母亲。不管是谁从什么地方邮寄，留的寄件人姓名都是"您松阿察河的儿子"。

教导员对领导讲，自己转业以后，领导得让这特产接着邮走。不能让人家母亲觉得这里的人忘记了她儿子。那名战士打小没有父亲，全靠母亲养大。为了能留士官，他当义务兵那两年里没少受累。春天，他给营区每棵树刷上八十厘米高的白石灰。夏天，一个人带着自己的脸盆去淘旱厕，淘完又拿水管子把地刷得干干净净，墙根撒上驱虫药。秋天扫树叶，接着入冬铲雪、做冰雕。他领的津贴基本全转给了母亲，探亲休假穿走的那件外套都是找同班战友借的。他去湖上也不是贪玩，是觉得市场卖的大白鱼太贵，想自己捕两条带回去给他母亲尝鲜。

教导员又说，再过上几年，知道这事的人差不多就走没了。领导不管，也不会再有人管。

领导答应下来。领导问教导员，心里边是不是记恨上级的处

163

理，教导员听罢摇头。

当时，教导员的处分下来以后，上边要进一步处理这名战士所在班的代理排长，一位四期士官。教导员听说后，跑了一趟领导办公室。他说，可以把给他的处分再加重，让他按战士复员都可以。那位代理排长兢兢业业十六年，马上就要脱军装回老家，为这样一件事背个处分实在说不过去。况且奖励过头了，收回一张奖状就成，处分下重了谁收得回来？教导员一再坚持，不但不能给人家处分，之前预备给这名四期士官的三等功也不能整黄了。领导把他骂了一顿，叫他赶紧滚蛋。他一听，摔了领导桌上的一个文件夹。

饭桌前，教导员起身给领导打了一碗粥。坐下时说自己谈不上记恨，这些年间另有一件事情意难平，得讲一讲。那年他刚分到艇队，对周边地理很不熟悉。一天，领导叫他带队机动到一个叫黑鱼泡子的地方，他找错了方位。

教导员对领导讲，手机装上定位以后，他又到了一趟那附近，方圆二十里地就有六个地方叫黑鱼泡子，哪分得清哪个是哪个。领导端着碗直乐，说就那个，贼黑贼黑的那个。

屋外寒风正造出刺耳、粗嘎的响动。窗玻璃上有一大朵透明的毛茸茸的霜花，晶体蜷曲而流动。教导员放下手中的杯子，掏出手机来看。刷到一条朋友圈时，腾地起身照窗户捣了一拳。

等教导员打车赶到那家烤串店，前年从艇队退伍的一名士官跑出来接他。

"你这干吗？"教导员说，"要害我啊？"

士官赔着笑脸说："导，艇组长对我挺好，不能打他小报告。

可我瞅着这事儿还得让你知道，就拍了个酒瓶子的照片，那条状态就你能见。"

士官领教导员进屋之前还在叮嘱，要教导员一定讲是过来打包烤串遇上的。

教导员拉椅子坐下时，原本趴在桌上的艇组长直起身子，瞅了教导员一眼。

"导，"艇组长说，"来了啊。"

"你这是啥意思？"教导员推了推艇组长的肩膀。

"我是真不乐意休假，不是假的。"艇组长说着打了个嗝。

"每年的探亲休假都是按照规定走，人家想休的休不上，你这打死不休，休了也不回家，是想干啥？"教导员在艇组长又要倒酒时夺下他手里的酒瓶。

"我这不违规。"艇组长伸手去够那个酒瓶，"休假期间适量饮酒不违规。"

"说说，为啥不回家。"教导员推开凑上来抢瓶子的艇组长，把他一把摁回座椅上。

艇组长摊开腿，抄起胳膊将脑袋朝后一仰，不多时就张开嘴睡着了。

教导员叫烤串店的老板娘过来收拾桌上的酒瓶，冷了的串拿去加热，又点了一盘炸鸡蛋馒头片。

"他不回家，跟你在这儿是要干啥？"教导员问士官。

士官摸起桌上一根牙签扎了扎艇组长的胳膊，看艇组长没反应，才跟教导员小声说起话来。

"他不是不回家，是没家可回。"士官说。

"啥叫没家可回？"教导员问。

"我也是这之前，他奶奶没了以后听他说的。"士官说，"他小学刚毕业，他妈就离家走了，在外头又成了家。过后他爸也新找了个媳妇。就剩他跟他奶奶过，奶奶一走，他就单崩了。这一休假，你叫他上哪儿去？"

"那要么去爹家，要么上妈家，再成家就不认儿子了？"

"不是那么回事。"士官说着直摆手，"您知道他有个小名叫小熊不？"

"听人这么叫过。"教导员说。

"他们光知道艇组长有个小名，可就我知道他这名儿咋来的。"士官说，"他小时候，家里在一个小学旁边开小卖部，一家四口，他爸妈还有他和他妹。有天晚上，他爸忘了锁门，正好一头熊下山，从门外一巴掌把小卖部的门给拍开了。当时他全家人就睡在柜台里边，柜台外边都是大货架子。那头熊在里边好一阵祸害。这时候你猜咋的，艇组长他爹吓得钻进他们平常码货和烧火做饭的小房间，还把门关上了。艇组长呢，睡在窗户跟前的木头板子上。一睁眼看见那熊，他啥都没想，拉开窗闩跳出去跑了。"

"还有他妈和他妹呢？"教导员问。

"是艇组长的妈后来给他说，他妹当时正要往他妈跟前去，那头熊推倒一个货架，把他妹给砸倒了。他妈一看，也不再想法子逃，就坐在地上等着。没想到那熊一个转身，见窗户开着，就从窗户翻出去走了。这事儿后来传出去，当地人就称呼他们一家子'熊到家'，往后也不叫艇组长的大名，就叫他'熊'。"

"这是他妈的真事儿吗？"教导员闭上眼，双手搓了把脸。再睁眼时，见艇组长已经坐起来，正瞅着他。

"真的。"艇组长小声说，"怎么不是真的呢？"

"我让我妈寒心了。"艇组长又说，"我奶奶说，她年轻时候在大兴安岭的林场里边给工队做饭，当地有一个插队的知青叫黄鼠狼迷了，成天见着人就上去啃人家的手，说馋鸡爪子，嘎嘣脆。我奶奶说这种人就是魂儿叫大仙赶跑了，厉害的人两嗓子就能给他叫回来。我奶奶厉害，她给叫回来好几个。可就我奶奶这样的，把人的魂都能给叫回来，她叫不回来我妈。"

"你自己去找你妈来着吗？"教导员说。

"找了。"艇组长说，"我妈说，这个家里她就偏心我，有了我妹以后，她也偏着我。我妹三岁那会儿，我妈牵着我去买包子，我妹也非要跟上。家里当时差钱儿，只够买一个肉包子。我妈就抱起我快往前跑，想着我妹一看我俩走远了，就不能再跟过来。可我妹一直在后边追着跑，跑到岔路口摔倒了，叫我奶奶追过去抱回家的。我妈说，家里有点啥钱，都花在我身上，有点啥好吃的，都先拿给我和我爸，我们是男人，是最大的指望。可事到临头，有难了，我和我爸第一时间跑个没影儿。在她眼里，我和我爸也不是心有多坏，是压根儿没长心。我咋来当的兵？是我奶奶说的，部队就出活雷锋。当了兵，人家就不能再说我是没长心的东西了。"

那晚，教导员躺在队部的床上，回想艇组长在几个小时前说的话。

去年同俄方会晤，俄方的船艇领航。眼看要到主航道时，俄艇突然熄了火，顺着主流往下漂。开船的俄方老兵钻进机舱鼓捣了近半个钟头也没找到故障原因，无奈准备中止检查，将艇拖回去时，艇组长找到翻译，表示他估摸是油路出了故障，可以帮忙看看。艇组长上了俄艇，没管主机是没见过的型号，铭牌上也全是俄文字母，就沿着燃油走向查了一遍，发现是油管连接处松动进气。艇组长找来工具紧固，又排了排气，五分钟后俄方老兵按动点火开关，俄艇顺利启车。会晤结束时，俄方大队长取出一面海军军旗，亲自交到艇组长手里。可临到年底评选先进，艇组长自作主张把预备给他的先进名额让给了一名班长。

教导员觉得艇组长脑瓜很灵，有能力，就闹不明白他为什么对荣誉不积极，今时总算解了惑。这两年，队里的先进表彰大会都会邀请先进的家属到礼堂观礼。颁奖时，家属上台为先进献花，说上几句鼓励的话。照艇组长目前的个人情况，他必然不乐意以先进的身份进礼堂。

细碎的雪花在风中飘浮、旋转着，彼此推撞着，落地后不停地累积厚度。对面楼房面向马路的一侧，亮起五彩缤纷的新年彩灯。比前几日更硬、更厚的水坑结成的冰，也掺上一点颜色。

在屋内琥珀色的灯光里，艇组长安静地坐着。

霞姨的丈夫在厨房里焖肉。饭桌前，霞姨将热气腾腾的鱼块夹到艇组长和教导员面前的餐盘里。

"你们边吃边听我把刚才的话说完。"霞姨说着又往艇组长的碗里搁了一块炸茄盒。

"教导员听我唱过赫呢哪调，说好听。"霞姨说，"我小的时候，我母亲就一边哼着那个调儿，一边烧火、做饭。锅里贴着大饼子，熬着鱼汤。那时候我母亲走的路是塔头墩子，住的房是小地窨子。地窨子里边用薄木板子铺了一层当地板，地板底下就是江水。我和三个哥哥都是她在地窨子里的鲜木头板上生的，木板上铺着鲜树叶。为了叫我们吃饱，生完小孩十天八天以后，我母亲就下地打鱼去了，孩子就放在屋梁上柳条编的吊筐里。每天回来做完饭，她都把我们挨个儿抱在她腿上。才四五十岁，我母亲的腿就变形得厉害，成了罗圈腿。我母亲去世以后，我经常梦到她，梦里她还要把我抱起来往她腿上放。后来等我有了孩子，我就知道不管当母亲的人在哪里，孩子永远都像还在她的腿上抱着一样。"

"我这种情况也是吗？"艇组长问，"我妈也会在心里惦记我？"

"当然。"霞姨说，"是一定会的。"

"那就好了。"艇组长低下头笑了，"我奶奶安慰我的方式和您不一样，我奶奶查出病来以后，说话老是神神道道的。她说有时候闹不清是我们待的这个世界是'死'的，还是死了的人去的地方是'死'的。按理说，她带着我这些年，好些时候都快熬不下去了。比方说，念到初二那年，奶奶病了没法出去帮工。凑不齐学费，我开学就没去报到。过了几天，学校老师给我打电话，说有人帮我把学费交了。那人自称是半夜梦见有个小孩找他，哭自己上不起学了，还把学校地址、年级班级都告诉了他。奶奶说，这样的事不止一回，每到山穷水尽快过不下去的时候，就会有谁拉我们一把。我奶奶觉得，我们在这个世界给走了的人烧纸，也许对那边的人来说，我们也是'死'了的人，也会有在那边的亲人、记挂我们的人，给我们送来最需要的东西。我奶奶叫我往后落单了也别害怕，总有人是念着我的。"

"你想过可能是你母亲托人去帮的你吗？"教导员问。

艇组长点头："可我不敢给自己这么大盼头。"

"姨。"艇组长抬头望着霞姨，"就像导刚跟您说的，要是哪天我真能上礼堂领奖，您一定得到场。替我妈看看，我不熊了。"

教导员转业回到家，和他父亲成了同事。端午节那天，父亲领着他去康复医院给战友送粽子，给那位曾坐着轮椅、被父亲推去监狱一起作报告的战友。

当年的一天深夜，敌方特工原计划偷袭团部通信枢纽，被哨兵发现后，撤离途中发现了父亲所在连队的维护哨。当时哨点一共四人在位，住在一顶班用帐篷里。每人躺在一块木头床板上，离地面有十来厘米高。

一个敌方特工绕过警戒哨，将两枚手榴弹塞在战友床板底下。手榴弹爆炸后，战友身下的床板被炸得粉碎，人也被炸起几米高后摔在地上昏死过去。父亲和帐篷里的其他两个人也当场被炸晕。等父亲醒来后爬过去看，战友躺着不动，两颗血红的眼珠暴突，鼻子、嘴、耳朵都在往外冒血。天亮时，等步兵在路上排过雷，卫生队来人将父亲的战友抬下阵地，送入后方。战争结束后，父亲回家又见到这位战友。战友当着父亲的面自夸，说托那床板上铺着的几块棕垫的福，他只有两条腿落下毛病。

父亲没有告诉战友，当天早上，过来塞手榴弹偷袭的特工在撤离时被一枚挂雷炸掉了左边胳膊。被俘后，那个特工住在卫生队养伤期间，父亲还给那人送了几天的饭。

医院里，父亲的战友躺在床上瞪着天花板，一声不吱。战友的女儿告诉他们，父亲的老年痴呆越来越重，再往后，连一句囫囵的话可能都说不成了。

教导员陪着父亲在床边坐了半个来钟头，两人各吃了一个战友女儿削的苹果。走出住院楼时，教导员的父亲抬头看了看傍晚的天。

"你看啊。"父亲对教导员说，"就这一小会儿时间，太阳和月亮都在。"

教导员也仰起头，过会儿又看了眼父亲："有一个在的，就不赖了。"

近　况

　　走出茶歇帐篷之前，泻药就起作用了。屋外，怒阳照群山。半空中有几朵白色的降落伞，大，软，稀稀落落，直直地落下来。两点钟方向的山坡上，对空指挥对高音喇叭大喊，面向中心点！调整，赶快调整！

　　我朝旱厕走过去，看见科长蹲在里面，露出上半截身子，扶着眼镜往天上看。十多秒后，一个巨大的白色降落伞绸罩住了科长，旱厕四周蒙着黑纱网的半圈栅栏也看不见了。

　　里面的人！把伞托起来不要搞脏了——

　　不要拽——裤子没穿上——

　　我OPPO掉下去了——

　　下去捞——

　　山坡上的人、科长和刚从天上掉下来的一齐叫喊。来这儿三个月，科长从没提过让我参加跳伞训练，这是我第一次触摸真实的降落伞。

　　五个月前，我调离原单位来到这儿，从连部住进十个人一屋的野战帐篷。随连长岗位失去的，还有每月八百块钱的岗贴、一天三顿好饭。我们每天在帐篷外端着饭盆打完菜，一等就地坐下，就有人开始大骂，朝坐在另一个方向的炊事班对嘴型骂娘。要是分区政委来这儿吃一顿，会立刻答应炊事班班长复员回家。

不仅伙食差，这里还缺水。干部轮流带水车去就近的边防连队、矿泉水厂拉水。每周五排队上水车洗澡，每人十分钟。这个礼拜五因为做心理测评方案延误了洗澡时间，我爬上水车的时候，连最后一拨人撒的尿都干了。

这会儿看科长抄着裤口袋走出来指挥收伞。我想也许领导力与洗没洗澡有关系，如果我现在四肢洁净，底裤没有粘在屁股上，阴囊湿疹不是瘙痒难忍，我的气场也会看着稳定许多。

收完伞，打发跳伞队员、陆地指挥和科长离开旱厕。我已经没了之前的肠道反应，就掉头往回走，去指挥帐篷里看会儿教案。科长安排我下午给他们上课，讲心理战。

刚来报到时，领导说既然你本科学的心理专业，就先来搞心理。我很难想象有人在军中以此立足，但还是认真备了课，准备告诉他们心理战就如同他们今早的跳伞，我也看不太明白。科长要我讲一下战场应激，我没法和科长说，辅导员和他们一样怕死，怕子弹打进腹股沟。怕父母还不知道我来了新单位，就被叫过来领抚恤。

初中升高中那年，父亲犹豫是否从股市里拿三万块出来作为择校费，送我去一中念书。他对我母亲说，如果他是那块料儿，边插秧也能考状元，如果不是，钱花了也白花。我觉得正是他这种小市民意识，让我没有考上舰艇学院。

高中时，我说假如我进了班级前五，你给我买一块Swatch手表，父亲说可以。成绩出来的暑假，我找父亲落实这件事。我们一起去了万达商场，柜台前，我看中一块五百六十块钱的手表，父亲相中一块折后卖四百五十五块钱的。最终他说服柜姐，劝我买下了那块便宜了不到一百块的手表。我从没戴过。等工作后第一个月工资到账，我买了一块颂拓的触控心率手表。这块表我现在做爱的时候也不会摘下来。父亲在买Swatch手表这件事上的表现，让我在高考填报志愿时，选择了实惠省钱的国防生。毕业时，学员队长暗示只要有一万块钱，就把我分配到离家近一点的地方。我拖了几天，想该怎么和父亲开口，最终，没有开口。这会儿，我像一个吃草的货，成天在山里移来移去，找不到做事的意义。这些连带我思想的危机、贫瘠都是我父亲节省的产物。

　　他在二十年工作时间里换了六个部门，在本不该退休的时候内退回家，蹲在杂物间里炒股、看基金，死守过去一点积蓄，抗拒一切不动产投资。我很恐惧在某个岁数，忽然变成他那样，比他还他。每回想到他，就想起家里坏了四年没修的浴霸。

　　他隔一两个礼拜给我打个电话。每次和他那种自以为洞悉局势的人聊天我就生气，好像掌握了点街头谣言就自以为比别人硬。

　　母亲在堂弟家的工厂上班，给小孩玩的智能狗安装眼睛，下班回家吃过饭就出去打麻将。最近每回给她打电话，她都在牌桌上。她说，哎，正要给你打电话。

　　也许他们从来没想过我是他们唯一的儿子，仅有的儿子。我父亲只会抬起那张方脸，抱着家里有十个孩子的乐观。我母亲随时询问我，又转背就忘记我，从不设想要是哪天我突然死了怎么办。这种父母根本没有预料和承担未知风险的能力，他们只会事到临头突然崩溃。

前天夜里的会议持续到半夜两点。附近距离我们不到两公里的边检站被袭，两人受轻伤。那场会上我不断走神。都走了这么远，干吗不再多走两公里？后来想想，他们未必知道这儿还有人。

在这戈壁环境构成的简单生活里，我同时也感觉到单纯的快乐与满足。

有时候觉得城里那些与自己同岁的小瘪们，不是没胆就是没脑，只能在父辈安排得当的职业小天地里实现成就。而我早已甩开自己父母那不值一提的影响力，通过坚忍克己的生活，获得了能在某天失去平静和秩序的世界中活下来的本事。有时候又认为不能这么说，他们的生活中亦有奋斗与艰辛，像我堂弟，二十四岁就要了孩子。可能我们才是逃避的人，他们是勇者。

前阵子这里的风很凌厉，忽大忽小，阳光微弱，时有时无。太阳时不时出来会儿，在我们暖和过来之前就又不见了。最近两天却气温陡变，不是刺激神经的冷就是毫无预兆的热。

中午刚想躺下睡会儿，科长打电话来叫我去一趟营房帐篷。

我进去时，薛排长正躺在科长旁边的行军床上，被一床棉被从脚裹到脖子。在白被罩的映衬下，我觉得他该刮胡子了。科长坐在那儿，看见我进来站起身。

"来，你坐这儿看着他。我要去大队长的帐篷。"科长说。

"不用人陪。"薛排长说。

"你老实点。"科长拿起文件袋往帐篷外走。

"他喝酒了，不要跟其他人说，等我回来。"科长对我说完就走出去了。

我拉了把椅子坐下来。

"嗯。我喝多了。"他说。

他把被罩没有给被芯塞满的一角拉出来，轻轻盖在自己脸上。

"你这样玩过吗?"他在被罩下面说。

"没有。"我说。

"可以试试看。"

"你哪儿弄的酒?"我问他。

"老乡自己酿了带过来的。我就尝了两口，科长发飙了。"

"哦。"

"你老家哪儿的?"他问。

"无锡。"我说。

"我去过无锡……城市很干净。那里有很多日企，有些日本人在本地找了情妇，这些情妇聚在一起，开了几家日料餐厅。你去吃过吗?"

"没有。"我说。

"你喜欢在被子里说话吗? 能听得很清楚。"他在被罩下面说。

"你不舒服吗?"

他在被罩底下摇头。过会儿他把被罩从脸上拿开，眼睛眨巴眨巴地看着我。

"今天早上。"薛排长说，"我很紧张。昨晚我做梦，梦见我的伞绳坏了，拉不开。今天早上我请假说不跳了，但是科长怕我过两天考核出问题。结果你看，差一点被屎淹死。"

"你又没真掉坑里。"我说。

"这次死不了，还有下次。"

"你是连长了。"他从被罩底下露出一只眼睛，"你还来这里干吗？你应该天天躺在被罩里，玩被罩。"

"我不喜欢被罩。"我回答。

"那你喜欢什么？"

"下午上课，你起得来吗？"

"不去。"他将被罩一把扯过头顶，"我好好研究研究这个被罩。这个被罩太好了，在底下看人也可以看得很清楚。"

过了一两分钟，他在被罩底下发出匀称的轻鼾声。我感觉像坐在一个伤员边上。

如果在一次行动中，我也受伤了怎么办？

再过两年，也许科技已发展到有能力保留我的尊严。要是胳膊没了，可以接受肌体的赛博格化，刷医保购买功能齐全的仿生型机械手臂，到时可以在手上充电、插优盘、加热食品。但我抚摸和拥抱过的女人呢？我无法再享受她的肌肉在我指腹下的弹性，无法自然地进入她身体的逻辑和情绪。我也不想乞讨。死缠烂打和靠炫耀残疾搞道德绑架不是一回事。

大学四年，每个假期，我都会去一个地方找某一个姑娘。也许她被缠得最后和我睡了一觉；也许我在那里转悠两天，夜里自己去看个电影。有意思的是，当我去的地方越多，被拒绝和被接受的次数逐渐平衡起来。忽然在某一刻就开窍了，我能十分清楚地判断这次会不会得手，也知道怎么做就能击溃她，让她顺从。

有时我搂住一个姑娘，从反光的玻璃或者镜子看到自己，会长久地盯着自己，搞不清为什么在这儿、为什么抱着这个人。大四冬天，土木工程系的一个研究生在微信摇一摇给我发私信，我们聊了两天出去开房。

那段时间，我也花时间在另一个女孩身上，用同样的方法对付她。不停索求，逼她屈服于我的低姿态、默许我的手试探边界。但抱住她的那一刻，我没有犹疑与困惑，之前的日子一下索然无味，转而相信也许人尽义务也能幸福。

临走前一晚。关上房间灯，她穿着一件纱裙走到落地窗前。我看了一眼，跟她商量可不可以把这条裙子脱了。她很惊讶，动嘴争辩。

"因为你太年轻了。"我说。

要是她年纪大了，也许需要披一件什么挑逗我。

夜里她背对我熟睡，肩头结实而突出。没有衣物包裹的身体，有女人生育前的洁净和清新感。颈后的发丝越过她的背在我脸前波动。发丝之下的皮肤，仿佛被我磨得细薄。脊背展开，像刚掰开的面包瓤。我从她身体这一侧伸出手臂，将她揽到脸前。她在梦中忽然绷紧身子，随后逐渐松弛下来。她的头发在皮肤上升的热度中发出淡淡的汗味。

那一刻我自知对她有了一种并非精细的、轻柔的牵挂，而且是要把自己锲入她身体的决心。尤其想到往后的日子将如何彻夜地躺在碎石块上的单兵帐篷里，慢慢瘦出老年人的瘦。

在这种地方不能去想那些。可它来的时候，我的脑袋像长在别人脖子上，想怎样就可以怎样。在用某种办法把它压下去之前，没有什么可以缓解的。在白天工作的节骨眼上，它烦得我恶心，到了晚上，它又是我唯一所求。想到嘴发干，说话都困难。我知道她不会长时间属于我，别的男人会乘虚而入。当我想到她以后要跟别的男人睡在一起，在那个位置上盯着她的后背和脖颈，我就想捏爆那个杂种的头。

备课这两天，我没什么耐心。电话里她一天天地言语温顺，语气中已然没有这个年纪和长相的姑娘应有的傲慢。我能感觉她哭过了。我希望她走。

美国电视剧《权力的游戏》中伊蒙学士跟琼恩解释，为什么守夜人誓言里要说不娶妻、不生子，因为在情感面前，责任不堪一击。确实，当你晚上因为想谁睡不着，第二天起来就会觉得握不紧自己的手。

我也有点想喝口酒钻被罩的时候，科长回来了。

科长问，他咋样了？

我说，睡着了。

你出来一下。科长说。

科长那张长脸是紫红色的，眼睛很小，嘴唇噘着，说出的每句话都是他想要的。他很不喜欢和四岁的儿子和老婆分开，在没法和儿子视频的时间里，他总有点恼火的迹象，刻意拿人的弱点开玩笑。

下午有人给你打电话吗？科长问。

不知道，我没开机。

下午你不用上课了。科长说。

琼塔什边防连的排长魏宁，你知道。前天中午两点左右外出，不见了。科长说。

不见了？

找不到人了。

之前他给连队说要去哪儿吗？

侦察拍照。他是一个人去的，出事的时候没人看见。科长说。

有几秒钟，一个牧民老乡从科长右侧肩膀方向一点点冒出来，他的牛也出现了。那头粉红鼻子的牛最近老过来吃草，我前天骑着它拍了照发给魏宁。我看着老乡和牛走上缓坡。阳光下的六月正午，科长说的听来不像是真的。这种天气的日子，会有什么人忽然不见了吗？

可以想象此时的边防某团。一些人开始动用理性，上千次地尝试弄清这件事。还有一些人在对每个人的责任配比做出微调，落实到纸面一种不偏不倚的口气，讲述众人可以接受的真实，以预防每一个看到文件的人精神世界里更大规模的混乱无序。

每个边防连队都在建立后的漫长日月中产生了自己的症状，自己的奇葩。琼塔什，或者说整个团的症状就是独。我们早已从先期的连队人际关系模式中解脱出来，建立了新的。我们不相信也不愿建立亲密感，也不指望互相之间产生多少有趣的交流。我们大都希望自己某天像离开时那样完整地回去。通过每天触摸手机屏幕，尽量多地保存来自离开的那个世界的一切。这一点给主官工作带来了巨大的问题。同时另一个负面影响在于，尽管不少人对连队工作竭尽热忱，时常精疲力尽，却看起来傲慢冷漠，不讨山下的领导喜欢。

当我听说有一个南京政院的研究生不肯在团里待着，非要下连队时，我认定没谁会和这个人多废话。

魏宁到连队后两个多月的一天，来连部找我要教育材料。我拉开抽屉，又一把推进去。

书，连长。魏宁说。

什么书？

午夜之子。

狗屁！

是拉什迪的《午夜之子》。魏宁说。

放狗屁！我说。

连长……

滚。

那晚，我收到魏宁一条内容很长的手机信息。大意是说他为今天的莽撞道歉。

那晚我带哨。在他宿舍门口站了会儿，还是进去把他叫起来帮我提手电。那晚他加了我微信，给我发的第一条内容是转发腾讯文化的公众号文章，题目叫"拉什迪：9·11事件后，人们理解了我"。

那天我带魏宁进山里找马，他给我讲了来琼塔什前的生活。

魏宁的父母是吉林延边的朝鲜族，二十世纪八十年代初，父亲为了他母亲，和家庭决裂，带她私奔到北京。魏宁初中时，父亲在四环路边开了一家海鲜酒楼。但魏宁的父亲拒绝儿子接手生意，而是托关系逼他考军校，希望他日后在军内有份稳定工作。

我考研不是因为成绩好，纯粹是为了不去部队上班。学校就够没意思了，上班肯定更没意思。魏宁说。

魏宁告诉我，他父亲也有绝对的道理。自从他们家做酒楼生意以后，他父亲让妻子监督后厨。每回包厢敬酒，都是自己端着杯子过去。在魏宁大一那年，父亲查出肝硬化失代偿期，次年复查，肝部出现占位，疑似肝癌。魏宁的父亲想卖掉酒楼，妻子劝他，要是卖掉酒楼，这些跟了他们五六年的员工很难再找着合适的工作。魏宁这时说想退学回家打理生意。魏宁的父亲坚持不肯，他说当年做生意只是为了家人生计。这些年个中压力，他不愿孩子承受。

研究生毕业前一年，父亲频繁安排魏宁相亲，他希望魏宁与其中一位订婚，工作一年后完婚。相亲半年后，魏宁告诉父亲，他准备和目前的相亲对象订婚。寒假，父亲在酒楼准备了九桌订婚酒席。

那天两家的亲友到了八十多位。在其中一张桌上坐着一个带孩子的年轻女人。魏宁爱上了她。即将到来的婚姻在成立之前，就被它的构建者从心理上甩开了。

魏宁向母亲提出解除婚约的想法后，母亲在周末早晨给他打电话，说在学校门口等他。中午吃饭时，母亲跟魏宁讲起那时她和魏宁父亲不得不从家乡出来，是因为魏宁父亲的家人不接纳她曾有过一次短暂的婚姻。在魏宁初中时，父亲从朋友那儿买了一辆二手车。魏宁的母亲简单问了一句，为什么买一辆二手车呢？魏宁的父亲以为这句话的意思是轻蔑，反问她，你不也是二手的吗？

母亲怕他虽然嘴上说不在意她的婚史和孩子，实则内心充满敌意。这种敌意在日子不顺遂时，很容易生恨。

那天，魏宁和母亲商量由他向对方提出解除婚约，父亲这边则由母亲做工作。至于下一场订婚宴安排在什么时间、对象是谁，母亲希望魏宁一年后再作决定。

山上，我和魏宁一前一后在走。太阳银白如胶体，乌云正在翻越山脊上最后一道光线。让人想到若是没有风，就会听到地球在它轴上转着。身侧河谷里冰面破裂，大块漂在水域里打着旋。西边坚硬的高地倚着低矮的苍穹，像倾斜的巨浪。你为什么来部队？魏宁问。我想不起之前给别人说的解释是什么，我只记得如何盲目地指挥着几十个人笔直地站着。

我跟魏宁说，我几乎每个晚上都做噩梦。二十五岁当连长这件事曾给过我三秒钟的虚荣，之后是彻底的惶恐。夜里有时会梦见自己收下了地方老板给的烟酒红包，给他们我没有权力给出的方便，继而是出逃、追捕的梦魇反复出现。组干股股长拿二连的指导员教训我，说人家知道领导爱吃野味，每回领导上去之前，就进山弄一只回来。边防连长要学会搞农家乐。

我不能博取谁的欢心，且并不以此为耻。

除了怕出岔子和纰漏，我还反感养猪种菜。边防连队相比军队，更像《军事与农业科学》七频道的示范基地。我想脱身，但我们这些人，除了当兵还能做什么？就像那些坡上的羊，每天啃着石缝里那一点草。南山有比这好得多的草场，可它们走不过去。

半年后，我在家休假时接到团组干股电话，他们说有个调动的名额，问去不去？我没有犹豫，回答，去。

我从琼塔什带走的除了背囊用具，还有魏宁给的一项帐篷。这顶帐篷可以看外面，外面看不见里面。

晚饭我没出去，薛排长端了饭盆进来搁在桌上。他拉了把椅子坐下来。

你不饿吗？他说。

我躺着没动。

今天有水洗澡，去吗？

我跳下床，端起脸盆跟他走出帐篷。

排队等洗澡的时候，有人给我让位置。

兜里电话响了，我放下脸盆，朝水车灯光覆盖不到的暗处走过去。

喂。

连长，是我。她说。

我知道。我说。

说话的这个女人是军区文网中心的记者，去年她到一四二团采风，团政委把她送到了琼塔什。当时我们在准备考核，每天拆枪擦枪跑步训练，她来了完全是负担。她到的第一天晚上，指导员在招待室备了几个小菜，叫了三个士官来陪，熄灯后我们坐下来喝汉斯小木屋。指导员问她要采访什么，她说想找人聊聊日常生活，大家轻松座谈。指导员说，谈可以，轻松不了，大家最近挺辛苦。说完没话了。我们的身份控制个性的体量，而琼塔什的海拔和偏僻难行的路况，更让这里的人行知木讷。

第二天，她跟指导员去点位巡逻，我在连队看家。午休时刚想把指导员下载的《釜山行》看了，就接到女友电话，说她逛淘宝看中一个戒指，让我买给她。我先是开口答应了，聊了会儿别的，又忽然想起戒指的事。我告诉她，这个戒指我不能买，她可以选一件同等价位的其他礼物，但不可以是戒指。她平时很明白话语之间的进退，那天却反复逼问，终于以提问的方式跟进。

你是不是没想过跟我结婚？

想过。

什么时候？

我不知道。

184

那就是没想过。

真想过。我害怕。

我知道她会向我说这句话的出发点的反方向去考虑。认为我害怕承担责任，玩心没收，不想过早被一个女人绑定，诸如此类。我也不愿去纠正她。我不能跟她讲，指导员的老婆要离婚，还要带走三岁的小孩。军医每个月给他女朋友三千块零花钱，相处一年还是分开了。军医半夜发朋友圈：无人与我立黄昏，无人问我粥可温。无人与我捻熄灯，无人共我书半生。

看见魏宁在底下回复了两句：明朝红日还东起，流水难消壮士心。军医又把刚发的删掉了。我知道，偌大的一个团总有过得下去的家庭，可我没把握自己有那个运气。去年元旦，指导员妻子上山来看他，自己掏了一千块在山底下包的黑车，下山的时候，我去找矿上协调了一辆材料车。看着嫂子往后座钻，缩在几大包装土方的烂袋子旁边，心想做军属……今年，指导员和妻子连架也懒得吵了，无话可说，直到对方提出分开。这些人难免让我自我联想。我知道她不是她们，同时也证明不了她不会成为她们。我也搞不清楚是掌控婚姻这件事超出了我们的能力，还是我们的工作和精神状况就不适合结婚。还有我的父母，我没有把握她可以接受一个迟迟不更换浴霸灯的家庭。

那是我们第一次触及这个问题，双方都没准备。话说得不体面，语调也滑稽。晚上，我给那个记者去送开水壶。她请我坐下聊会儿，我就真的一屁股坐下了。第二天早晨五点半，才从她房间离开。临走时我对她说，请你写写和你说的这些人的事，哪怕就提一下，几行字，证明这种生活是有意义的。

她回去后不久发来一篇小说，请我看完提修改意见。那篇小说的主人公有点点像我，比如他小时候想吃泡泡糖，父亲不肯给他买，他就攒了三毛钱，从他表姐那里买了一块她刚刚嚼过的。这件事就是我那晚说给她的，但她写的文章里没有我要找的东西。她的文章就好像在说，喏，下雪了，这有什么意义吗？

这时，她在电话那边告诉我，军区安排她转业。我问她现在什么感觉，她说挺好的。父母和孩子都在武汉老家，她可以回家尽义务了。

她在连队之后两天，都是魏宁在陪她四处转。我想告诉她，此刻和她分担这件事的重量。也想就单单问她，如果神让一个人摔了一跤，是为了教会他站起来，那么让他不见了，是为了什么？

挂断电话，发觉已走到无人的暗夜。我转过身看到人声鼎沸的水车，灰暗矮小、毫无气势的帐篷，还有梯形巨岩，惊讶于在这片历史上斗争过剩的土地上，这些简陋蛮横的景观怎会孕育出我们力求理性的生活？

看着扑闪脆弱的灯光，想起我们背井离乡孤注一掷，日日苦练，不是为了求死，也不是为了获得一张脑门上发亮的夜视镜下、被疲倦和忧虑侵袭的年轻的脸。我又试图回想，在过去的日子里，到底是我在哪一刻做的哪件事，把我带到了这块高地。是我父亲不肯掏择校费的那一刻吗？还是我下定决心当国防生，队长的提议不了了之的那一刻？是我出塔斯塔拉塔，过克斯尔卡拉时，铁列克提达坂的粗雪抽在我脸上的那一刻？还是我在那天的会上，渴望亲眼见识我的敌人，由此标明我们在此地生、死之意义的那一刻？

被海水劈开的小山跪着，山风巨大的耳语从断崖传送而出。

我很想给组干股打个电话，让他们看手机上魏宁最近的一条朋友圈。能写出"君不见玉门亦有春风度，昆仑直下阅大江。黄沙且做瑶池液，我与天地饮一觞"的人，不可能逃跑。如果他此时已走入另一个良夜，这座山，从此往后你的名字就叫魏宁。我把帐篷扎在这里，看守着你，使你免受武器和任何暴力的侵扰。当某天我须离开此地，到时可以对你说，那该打的仗我已经打过，当跑的路我已经跑尽，你我所信的我已经守住。

有一回领导要上山检查，我们怕连队的一匹军马乱跑，就把它关进马圈，每天喂苞米。那天外面下起大雨，那匹马伸出脑袋去舔水洼里的雨水。等饲养员报告时，这匹马已经腹胀如鼓，四条腿撑得直直的。它咽气后，我拿刀划开它的肚皮，花了半小时放空它肚子里的气。第二天，指导员率全连为军马举行火葬仪式。他念了一篇发言稿，讲述这匹军马不同寻常、光荣奉献的一生。念毕，全体敬礼，魏宁上前点火。我们站在一旁，看着火焰围裹住柴堆和马匹。过几分钟，我在后面戳魏宁的腰，说这味道真香。魏宁说，这就是荣誉的味道。

等我在离水车将近一公里的地方逛够了，寒冷的夜风将我赶了回去。水车今夜的工作已经完成，我还得多臭两天。

科长在指挥帐篷里，白天薛排躺过的那张床上，伸展着手脚。像跳伞摔断了脊梁，眼袋更大了。我进去时，他用夹着烟的那只手向我摆了摆。

冻土观测段

一

那日的军事斗争结束后，他和另一个人把一名倒在地上的小个子兵架到盾牌上。两人抬着盾牌，跟随四周的叫喊声朝后走。

原本围在医务帐篷门口的人，自动退开一条让他们过身的路。那些背对他的，此时转过脸。这边有一张豁开了的嘴，那边有个额头开花的脑袋。小个子兵被放到医疗床上时睁开眼，问了句："我还活着吗？"

"你活着。"军医凑近了告诉小个子兵。

"我想睡觉。"小个子兵说。

"踏实睡一觉吧。"军医说。

两名护士。一个剪开小个子兵身上被划烂的衣物，另一个往他皮肤上贴大片的发热贴。

"我好冷。"小个子兵说。

军医捏了捏小个子兵的大脚趾。

"我在捏你哪根脚指头？"军医问。

"小脚趾。"小个子兵回答。

"右腿和右胳膊折了。"军医小声对一个在流泪的护士说，"准备吊水吧。"

"冻得太狠了，血管根本找不见。"护士说。

"找矿泉水瓶子灌温水，挨着手脚摆上一圈。"军医说。

走出帐篷之前，军医请他帮忙把一旁铁架子上的棉大衣拿过来给小个子兵盖上。小个子兵睁开眼睛看着他。

"排长，你也被搞伤了。"小个子兵喃喃地说，"你的头破了。"

走出帐篷，逆着后撤的小股人流，在往前方回返的人当中，他看到一个年纪很小的兵。即便隔了一定距离，绷带挡住了这个兵半张脸，还是能判断出这个兵非常非常年轻。

他慢慢靠上去，跟在那个士兵后边朝前走。不远，临近河道的滩地上聚集了一些人。

"拿绳索，拿绳索去啊！"有一个战士背向人群，喊叫着冲他的方向跑过来，与他擦身而过。

将要靠近人群时，走在他前头的兵忽然扭过头来。

"排长，是你吧？排长。"年轻的声音说。

"你是谁啊？"他反问。

"是我啊。"那个声音又说。

"你不去帐篷，跑回来干吗？"他问。

"你是不是来找我们班长的？"年轻的声音说。

"你们班长是谁？"

"许元屹。"

"对，许元屹，许元屹在哪儿？"他又问。

"排长，你是不是不知道我们的班长在哪儿？"

"我不知道。"他回答。

那个年轻的兵转过被绷带缠住的半边脸,继续朝河道走去。

河道边围着的人里面,有他还能一眼认出来的。但被认出来的人根本没有回头看他。那些人紧盯着河道,如此一致的惊愕和悲恸的表情,以至于他觉得有必要去看一眼他们在看的东西。他走过去。看到的是汩汩涌动的河水。水流里有一身鼓得溜圆的荒漠迷彩服,明显被河床里的石头缝卡住了,还卡得很牢。瞬间又能根据它起伏的力度判断它附着于具有一定重量的物体上。过一会儿,膨胀的迷彩服带动水下某件东西翘起来,跃出水面。

他又看了一眼,打算辨认那个跃出水面的、圆的东西。他的喉咙里不受控制地发出一声呻吟。

一个人头脸朝下,四分之三的身体陷在水浪里不受控制地摆动和摇曳。融雪后冲下峭岩的洪水力道很大。这样一具躯体,卡在河道里是不现实的。

"没人告诉你吗?排长,那是许元屹班长。"年轻的声音从一旁传来。

打捞从傍晚开始,用了很长时间。

一个排的人被分成五个小组。士兵们一面冻得直哆嗦,一面手挽着手,慢慢地朝这具身体靠拢。好不容易靠近了,他们轮流上前抓住那具身体或者衣物的一部分,动作谨慎却用力地向外拖拽。每个人都试过了。每拖一次,那具身体都往河道里卡得更紧一点。明明是被几块石头卡住了腿,那具软乎乎的身体就是拖不出来。

夜里。河道边的滩地上。他入神地顺着河水望去，瞥见那具身体还在水里浮动。

谁把篝火拨动了一下，火旺了一下又暗下去。烟向水边缭绕，明亮的火苗也朝那个方向飘舞。稍稍往里踢点土，火星就向天空飞去。下过水的士兵们围坐在火边，他们的脸上被篝火烤出了皱纹，面颊凹陷下去。有一个战士，从口袋里掏出家信撕成一条一条，抠出石缝里干了的苔藓，弯着腰给大家卷烟。

离篝火更近的，还有两个那边的人。其中一个躺着，已经死了，另一个坐着，还活着。

刚才有一个土气十足、身子骨扎实的中士坐在他旁边。战斗结束后，这名中士在清查现场时，在崖壁下的洞穴里发现了这两个人。当时两个人都受了伤，蜷缩在洞里，其中一人伤得更重。中士喊来翻译，让翻译指挥受伤较轻的那个背上受伤较重的，听他的指令往后方走。翻译告诉中士，受伤较轻的人不愿意，说同伴明显快死了，而自己也受了伤，背不动。中士说不背可以，那就谁也别走，直到耗死为止。受伤较轻的人等翻译说完，让翻译帮他把受伤较重的人抬放到自己背上。但那人坚持不让同伴趴在自己后背上，不肯与这个人头挨头。翻译说："受伤较轻的人认定同伴就快死了，而他害怕死人。"

翻译走在前面，中士跟在他们后面，看见轻伤者弯着腰，倒背起自己的同伴往前走。重伤者的两条腿被使劲拽住，垂下来的脑袋和胳膊都在地上拖着。

中士走上去喊，说你他妈的不能这样对你兄弟。轻伤者似乎没有听见，只把重伤者的两条腿又往肩上拽了拽就继续朝前走。

中士赶上前，抬起被拖在地上的人的脑袋，托住了他的肩膀。翻译转过身看了一眼，示意轻伤者停下，接着走到近前半蹲，让中士把重伤者抬放到自己背上。

送到滩地的篝火跟前不久，那个被背过来的人就断气了。借着火光，他看到那个人的瞳孔散得很开，嘴唇张开，保持着临死前呼吸异常艰难的表情。

中士让翻译告诉坐着的轻伤者过去把同伴的眼睛合上。翻译说，那人说自己害怕尸体，不想去。

"你兄弟是你他妈给拖死的，你必须去。"中士让翻译转告那个人。

轻伤者沮丧着脸，慢腾腾地爬过去。伸出右手食指，照那个人脸上眼睛的位置，飞快地一边戳了一下。再爬回来时，脸上如释重负。而地上那张面孔，生命尽管一滴不剩，仍旧半睁的双眼还被什么驱策，紧盯外面的世界。

他忍不住回想那个人方才用一根手指头，戳了戳同伴眼皮的动作，又偏过头来看着那个人此时把手伸进敞开的方便面袋子里。因为手哆哆嗦嗦，袋子窸窣直响。

次日晌午，连夜开进沟里的挖掘机下了河。将许元屹从水里打捞上岸时，很多人都在。他记得身旁有个人，一直以手覆额挡住眼睛。

许元屹被送走时，他看到前一晚遇上的那名年轻的列兵跟在担架左侧。上回和那边的人发生口角冲突，这名列兵还是第一次进沟。连长组织他们对等反击时，这名列兵退到旁边的崖壁下尿了裤子。那日冲突平息后，连长把列兵叫过去，给了列兵一枚那边的人撤离时遗落的小钥匙扣。

后续增援的作战单位和医疗小组陆续进沟驻扎，有人带上来一桶白石灰和两把工具刷。在靠近许元屹上岸的滩地的崖壁前，挖掘机车斗又一次升起。前一晚篝火边的那名中士在崖壁上写下四个楷体大字：山河无恙。一阵叫喊声升起来，尘沙似的落了下去。

滩地上的人陆续走回帐篷。刚站在他身旁絮语的那个人仍旧立在原地，由着烈风摇撼身体。他看了一眼那个人痉挛的鲜红色面孔，从这个狂叫着的像树一样的人面前走了过去。

不多时，山脉、岩峰、土阜都变暗了。在鸽灰色浓雾的重压下，太阳对准山脊西麓深深一啄便弹飞而去。

他一度确信，那天有关战斗的每个细节都会被所有人牢牢记着。包括记着过河时水没过腰，全身抖得牙齿磕碰，眼泪迸溅；攀爬和振臂呼喊时，缺氧的哽窒、眩晕；从山坡上方滚落的或被投下的石块击中的身体压伤他左臂；他摘下镜片碎裂的眼镜框，咬住一条镜腿，背过身挡住跪坐在地上呻吟的战士，伸手捂住战士流血的后颈窝；不断缩紧的包围圈里，四周狂热刺耳的叫喊声扫掠内脏……

然而没过多久，连贯的场景就有了龟裂的迹象。仿佛头脑断定他无力悉数消化，就让他往后再想起的时候，一次只照见一截片段。

军事斗争结束半月后，他将那天晚上半边脸被绷带缠住的年轻列兵叫进帐篷。

"班副跟你们说了是写战地日记吗？"帐篷里，他捏着两页纸问站在跟前的列兵。

"说了。"列兵回答。

"你写的什么？"

"战地日记。"

"不对，"他抬手晃了晃薄薄的两页纸，"这是咱们开春刚进沟巡逻的时候，某个晚上发生的事，不是那天的事。"

列兵点头。

"你得写那一天。"

"好多事我都不记得了。"列兵小声地说，"一开始我跟着班长他们冲上去反击，然后我受伤了，我被那边扔过来的石头砸晕了。醒来的时候，他们说班长从山上掉进河里面牺牲了。"

"可是之前……"他耐着性子说，"指挥所让你们写情况说明，你是写了的。"

"是的。"列兵垂下头。

"那为什么呢？"

"情况说明我只写了几句话。"列兵说，"我写了冲突之前班长怎么背着、抱着我们过的河，他是因为腿被冻坏了，脚被冰碴儿搞伤了才牺牲的。班长说，团长说过，老皮芽子咋过河他都不管，这些娃娃的腿不能冻下病根……"

"那你现在写这个下雪的故事又是为什么？"

"我觉得重要。"

"哪儿重要？"

"很重要。"列兵咕哝了一声。

"好。"他抬头看着列兵童稚的眼睛,"去忙你的吧。"

　　他不是想教训人才把那名列兵叫过来,这篇战地日记也没有任何问题。那天过后,上级各单位的调研人员接踵而至。当时沟里没有电脑也不通网,个人情况汇报无法整理成可以被反复拷贝的书面材料。副团长、副政委和营长分拨组织留营的战士,由他把战士们一次次地带进指挥帐篷,陪他们回忆、述说并写下那天他们能记得的事。有的人开了口滔滔不绝,旁边的随声附和,几个人像电线上的鸟;有的人瞪大眼睛,单个词语往外蹦,重复别人说过的话。有一名战士从帐篷出去后径直走到河沟边,趴跪在地上把头反复蘸水里,直到被营长拖回岸上。

　　列兵写的两页纸还在他手里拿着。一个他无比熟悉的声音就在其间。热心的、粗大的声音,少了一点许元屹平常的逗弄,却比许元屹在时说话的声音更为平和。

　　这时副团长掀开挡雨布走进帐篷,让他带通信兵出去架设从沟口到河汊口的单机磁石电话机线路。从哪个方向下河沟、从哪一侧放线等,说了很多。副团长还让他留心看看河汊口点位的场地,听说要在那一块地方建活动板房供前线的人居住。

　　他将手里的两页纸叠好放进胸前左侧上衣兜里,随后走出帐篷。

　　到了沟口,他带两名通信兵下车看了地形,开始放线。其中一名通信兵很聒噪,他一直听不清那个兵在说什么,只觉得耳朵和脑仁都疼。忙活了一个来小时,他感觉眼前起了一层雾,看什么都模糊，带他们过来的猛士车停在哪个方位还得想半天。

费劲爬上车的副驾驶位时，他浑身发冷。为了放线，猛士车的后门开了半扇，寒风夹着雪、辛辣的尾气直往他鼻腔里灌，眼泪潸潸不停。

放线完成，进行通联测试的时候，从团部过来的物资车正好到了。他让通信兵上那辆大厢板返回营地，随后让猛士车的司机开快车，带他赶到河汊口的点位上看一眼。

回程时，他让司机打开暖风，但没用，车里还是越来越冷。

回到营地，他只记得自己走进医务帐篷，找了张床就脱下衣服盖在身上躺下了。他脸皮燥热，但身上又感觉不到什么温度。每道骨缝都酸。向左侧翻身时，灵魂一下被挤出身体，飘在空中向下望着自己。过会儿有人跑进来，他已毫无意识。

他再醒来已到晚上十一点多了。睁开眼他哼唧了一声，坐在一旁的营长立刻伸过头去看他。

"感觉咋样？"营长问。

"我发烧了？"

"三十八度，过半小时再量一次，应该能下来一点。"

"离我远点，小心是病毒。"

"是伤口有炎症。"营长说，"你的头都这样了，自己不疼吗？"

"头咋了？"

"他们说你的伤口处理过、抹了药是这个颜色，其实根本不是，刚才军医过来看，你这个血痂都硬了，和肉长到一起了。"

"自己长好了挺好啊……"

"军医说这儿肯定留疤了。"

"无所谓。"他有气无力地说，"留吧。"

"你是被干傻了吧。"

"可能都死了，我自己不知道而已。"

营长忽然噎住，用颤抖的声音说："你活得好着呢。"

他望着低矮的篷顶，有一瞬间以为那频频闪烁着的，是点点滴滴渗透的白天的亮光。接着喉咙里泛上一阵腥味的涎沫。

"弟兄们一直觉得，是我们那个点位危险，得干起来，所以跟我说这事的时候，他妈的一点准备都没有。"营长说。

"我们没戴钢盔就去了……"他说，"没想到那边抄着家伙过来，硬他妈碰瓷。"

"那天下午六点多，"营长说，"刚准备烧个火搞点吃的，他们就跑过来找我，说刚通报你们那边对峙了，让我们这头的任务分队上车待命。我们在车上等到凌晨三四点，又给我们通知，改成回帐篷里待命。我们就坐着迷迷糊糊等到早上八点多。我八点五十的时候跑了趟厕所，回来就看到机操手在等我，跟我说你们那边打了两个电话急着让我接，我守着电话，回拨了五六分钟才接通。是许元屹带的那个报务员，跟我说：'报告营长，昨晚沟里对峙了，我们班长没了。'接着政委给我打电话，说目前局势不稳定，一定要我把带出来的分队稳控好，随时做好应对突发事件的准备……有人牺牲的事暂时保密……后面的话我脑子一片空白……我全都答应了。

"我召集骨干开了会，安排了工作，安排人找点纸准备烧一烧。原因我没说。早饭我没过去吃，然后突然有人跑过来，有个许元屹的同年兵，一脸子惶急带泪，说营长，沟里出事了，许元

197

屹没了，好些人伤了。我想叫他快闭嘴，话就哽在嗓子里出不来。我一把搂住他脖子把他架出房子，出了门我崩溃了，把帽子从头上拉到眼睛，哭了十秒，跟他把早上首长的指示说了一下，问他还有谁知道这个事，他说他们值班室的都知道了。想瞒也不可能了。"

他听人说，营长刚进沟口就把一拨人给撂了。他当时想：一方面确实是营长目前担着管控风险的压力太大；另一方面，大概还是想到了受伤、牺牲的这些人。他的连长后脑勺缝了四针，指导员左肩脱臼，门牙断了。团里让他们下山养伤，两人不肯。指导员在斗争结束后第三天，坚持要在教育动员大会上也讲一课。当时有上级指挥所的主官在会上旁听，讲话前每个发言的人都交了讲话稿，但指导员在台上讲了近二十分钟，和交上去的稿子没几个字能对上。

那日晚上开饭前，他和指导员跟着营长去了河边。营长蹲在河边，往河里扔了一包没拆封的软中华。

"元屹，"营长对着层层卷卷的水浪说，"有的人流血牺牲，有的人贪图安逸，有的人蝇营狗苟，好像仗是他们打的，长城都他妈是他修的。我要是不操练这些人，就是对不起一线，对不起你。"

他用手指轻轻地拨动输液管。

"给我打的左氧？"他问营长，"不用隔离？"

"炎症压下去就好了。"营长说，"副团长要你过两天带物资车下山。"

"行……"他闭上眼睛说，"还得提醒你一句，收敛点脾气，别再撑人了。上面的、下边的、兄弟单位的，能忍就忍。"

"你听谁说什么了？"

"驾驶员说拉你进沟的路上，你把上边派过来的人给练了一顿。"

"我没练他。"营长说，"翻达坂的时候，那货晕车一直吐。吐完了说就这鬼地方，给他一个月发五万块钱他都不来。我说对，我们都是冲沟里那点补贴才干到现在的。"

"我跟那货说，不是谁都能和这么好的弟兄死在一块儿，比方说你就没有这个福气。"

他感到太阳穴跳动时绷住了眼眶，胀得头疼难忍。"有个东西给你，"他顿了顿说，"许元屹带的一个兵，写了一篇关于许元屹的日记。写的不是那天的事，是我们在沟里巡逻宿营的一个晚上。"

半晌，营长既没有起身，也没有吱声。就那么在马扎上弯着腰，缩着身子，向前探出的两只手交握着。

"上衣兜里，左边。"他说。

营长走过去，翻他的兜，取出日记。

"那天晚上，"他说，"那边有两个人被我们的人发现了，带回来的时候，一个死了。我们就跟另一个人说，你去把他的眼睛合上吧。那人就爬过去，伸出了一根手指头，朝死人的眼皮上一边戳了一下。真的……当时我真的想不通……这是你的兄弟，你怎么就用一根手指头……一边戳一下？"

"凌晨五点来钟，那边来了人领伤员。我就盯着过来的人一个一个地看，没有一个人在哭，你知道吗，没有一个。快六点钟，那边又过来一个男的，三十六七岁，走过来看到了地上躺着的那个死人。等看清那人面容的时候，这男的眼睛红了。我就看着他走过来，两只手抱起那个人的头，放到自己膝盖上，伸手给他把眼睛合上了。"

"说实话……"他说，"那一下，不是那个死人……好像是我自己解脱了。"

他迷迷糊糊地半合着眼。眼前的亮光逐渐减弱，昏暗的空间更加狭小。到处透出温热的臭气。随后涌入的场面在他双眼的虹膜中飞旋，折返，了无声息。

悬停。

巡逻途中，他们跪着攀爬的山地冰面犹如被剥去表面那层的皮芽子，反射冷硬而纯净的幽光。迟迟进来的，他们的声音，从令人麻木攒到了顶点的寂静中流出，带着深重的金属般的回音。

"待会儿蹲坑的时候，"许元屹对那名列兵说，"一定要记住隔半分钟就站起来前后甩一甩、晃一晃。"

"知道为啥吗？"许元屹一旁的中士说。

那名刚止住鼻孔出血、嘴唇干裂起满了泡的列兵摇摇头，又点了点头。

"你要是一直蹲着不动，你的那条小短腿就用不成了，冻上了，知道不？"中士说。

"知道为啥你的小短腿一直没啥事吗？"许元屹扭过头望着中士说，"因为你的小短腿长在你该长脑子、该长心的地方了，脱光了也冻不死你个傻瓜。"

　　许元屹抓起一把雪塞进嘴里，又往那名列兵嘴里塞了一把，拍拍列兵的肩膀说："去那块大石头后边蹲着吧，蹲一会儿就站起来摇晃摇晃。"

　　那天是他们进沟后的第二个星期六。起初他还敦促他们中午去河边往脸盆里多凿点冰，放太阳地里化了水刷牙洗脸，再往后他也不催不说了，大家伙都胡子拉碴，手上、脸上结了一层黑紫色的硬壳。太阳再一晒，皮爆开了就露出小块发红的嫩肉。

　　那天夜里。深蓝和紫罗兰色交混相融的星空下，冻僵的一群人围在篝火旁，两人分食一袋自热干粮，吃完就枕着睡袋看存在手机里的小视频。

　　那名列兵在时隔不久后，交给他的那封战地日记中描述的场景，带着毫不狂烈的情绪，随列兵轻轻的嗓音再度降临——

　　　　我永远不会忘记……

　　　　我永远不会忘记那天晚上的月亮是那么明亮。又大又圆的月亮静静地悬挂在夜空中，旁边有无数的星星在闪烁，一闪一闪的，漂亮极了。

　　　　月光静静地散落在每一寸土地上，我和许元屹班长被这美丽的夜空牢牢吸引住了。

　　　　慢慢地，我和许班长在这夜空的照耀下进入梦乡。在我睡得正香的时候，一阵冷风吹来，我不禁拉了拉睡袋。拉一拉，却感到有雪进来了，凉凉的。或许有一种懒惰在作怪，这冰冷的雪并没有使我起来看一看情况，而是继续入睡。

　　天亮了，我被他人的呼喊声吵醒。当自己想要动的时候，却发现自己的身体完全被雪压住了，想动完全动不了。在我挣扎的时候，许班长过来伸出手塞进了我的睡袋中，找到我的手，把我从厚厚的积雪中拉了出来，在拉出来的同时，正如我的家乡话所说的，透心凉。

　　这是我最难忘的战地经历，当时如果不是许班长把我从雪中拉出，我想我有可能就不在了。我想，没有什么比在死亡的边缘走了一趟更让人难忘的了。

　　列兵的声音微弱，但像一团烈焰在他腹腔弥散开来。不用低头就能看见那在双肋之间燃烧着的、蓝色的火焰，正让他整个身体通过焚烧而感到温暖。

二

　　各个病房的电视机里都在播放电视剧《亮剑》，从病床上支棱起来的脑袋，有不少都包着绷带。从病房门口挨着走过去看，像一盒一盒新发的黄豆芽。

　　下山的伤员都在分区医院集中住着，看护他们的营教导员在二楼要了一张值班室里的床位，跟一名过来学习输液的卫生员同住。

　　他带车刚从山上下来那天，一楼的护士告诉他找教导员就上二楼值班室，他敲门进去，屋里只有那名卫生员在。没坐多久，话也只说了几句，卫生员就被他身上、衣服上的气味熏得招架不住，跑到厕所的盥洗池子跟前干呕。教导员解完手回屋，见着他刚打了招呼想近前，又接连大步退出屋子。他冲教导员招手，说快给他找身衣服。

换上教导员的作训服，又到水房冲了个澡，他身上那股刺鼻的臭气才轻些。他在值班室拧开一瓶水，坐下跟教导员讲，下山路上，过九道弯那条达坂路的时候，当报务员的上等兵刚憋过三道弯就忍不住挺起前胸吐了，污秽物直接喷在他和一名士官的头上、身上。之后车里除了他和司机，其余的人多少都跟着吐了些。晚上，兵站里问了一圈都没有寻见谁多带了一套干净衣服，只得扒下来拿抹布擦了擦，搭在床头晾干，第二天又套在身上，下了山。

教导员问，那名上等兵是不是许元屹带的报务员徒弟，他点头。这名上等兵要在山下的营区教导队培训三个月，由他带过去报到。他给教导员讲，同班的人说上等兵晚上总做噩梦，大喊大叫，醒过来了就发呆。营长说上等兵是觉得对不起自己班长。那次行动，许元屹说为了锻炼上等兵，一直让他抱着电台，其实谁都明白，电台在谁那里谁出事的概率就小。

教导员问他山上目前的情况，他就拣记得的、大面上的事说了说。说起临下山那天中午，连长带着一帮人做完拼刺训练，正在讲评。指导员脱下防弹衣绕到帐篷背后，要下山的车就停在那里。他走过去拉开后备厢往里扔背囊时，看见指导员蜷着坐在地上，嘴里含着根烟，两条胳膊搭在屈起的分开的双膝上。指导员衣袖右臂的位置，写着"许元屹"三个字。

见到他，指导员抬起下巴，眯缝着眼，将烟夹在手上，嘴里的烟雾朝半空吹吐。

他冲指导员喊了一声："指导员，你不是发誓这辈子不抽烟吗？"指导员仰脖子冲他一笑，说扛不住了，得学。

教导员听他讲着，给他也递了根烟。他接过去，点着了，含到嘴里，将右脚盘到左腿底下垫着。一手拿住烟，朝肺里嘬了一口。

教导员告诉他，许元屹的父母过来，是自己陪着政委接待的。他说，下山时听拉他们的司机班长说的。

这名班长刚从汽车团的高原班抽调过来，许元屹的同年兵，两人老家也隔得不远。当时许元屹上了岸就是司机班长开车去接的，也是司机班长和军医一道给许元屹擦了身体，拿棉纱布堵上七窍，再把人拉到停直升机的山口平台。

教导员也给自己点了根烟，抽到一半跟他说，从未见过许元屹的爹妈那么刚强的人。许元屹的父亲来时穿着一条单裤，卷着裤腿，坐着政委的车走了一天上山。到烈士陵园，西北风夹着沙刮得几个人眼睛通红。许元屹的父亲一滴眼泪没掉，挨个把每块墓碑看了一遍。到自己儿子墓碑跟前，也没说话，站了几分钟，扭头就走回车上了。

许元屹的母亲在招待室坐了半天，下午拿了一兜她在家里烙的面饼子要去医院，说想看看那些娃娃。教导员问她有什么想法，尽可以提，他都会向上级报告。许元屹的母亲说，她想知道自己儿子最后的表现是不是勇敢，又问了教导员一句："我儿子，他是英雄吗？"

教导员说自己参军这么些年，两个兵的父母最叫他难过。一个当然是许元屹，还有一个内蒙古兵的父母，儿子巡逻时突发脑水肿，那天山上狂风骤雪，直升机无法起降，从下午拖到第二天早上，人就过去了。

内蒙古兵的父母是牧民，从老家赶过来，那位父亲见到教导员就说："我儿子每个月都给家里很多钱，他有没有欠连队、欠你们的钱？我儿子不在了，可儿子欠的债还有他父亲来还。"继而又说起那夜，内蒙古兵的父母在连队浴室的担架床上为儿子擦拭身体，教导员和他们一道，用带来的白色粗布将内蒙古兵从头至脚缠裹起来。

他用心听着。忽然就想起许元屹被挖掘机车斗捞上岸的那天，身旁那个人一直以手覆额挡住眼睛。

"这年头只顾自己的人多了，但遇事先为别人着想的人不是没有了啊。"教导员絮絮地说着，间歇地喷吐着烟圈。

"许元屹的妹妹，跟她爸妈一块儿过来了吗？"他问教导员。

教导员想都没想就答了他："没有，没过来。"

"他爸问许元屹一个月工资多少了吗？"他又问。

"没问。"教导员告诉他。

"他一个月工资多少没告诉他老子吗？"教导员问他。

他摇头，小声说了句许元屹拿钱在供妹妹上学，妹妹在师范大学读研究生。

教导员嗯了一声没再多问。他把烟熄在喝空了的矿泉水瓶子里，烟头碰着瓶底的一点水，吱了一声。两人空坐半晌。

把许元屹带的上等兵送到教导队后的第二天下午，教导队的队长打来电话叫他赶紧过去一趟。

那天正好赶上县城疫情封控，出租车停运，院子里的车没有提前批示用车手续的也没法动，他便步行从医院往教导队的营院走。途中路过一家小饭馆，门脸十分熟悉。他站定想了想，记不得究竟是自己在里面吃过饭，还是见谁在朋友圈里发过。

到营院门口，教导队的队长正等在那里。往宿舍楼走的路上，队长跟他讲，分区的心理医生正在给上等兵做干预治疗，每天中午做一回，预计得持续半个月。

他问队长："上等兵进营院大门之前还好好的，怎么突然就崩了？"

队长说，上等兵昨天晚上排在队列里进食堂吃饭。因为是周五，食堂会餐，炊事班熬了羊汤，炖了肘子和酱牛肉，主食有拌面、炸馍、手抓饼和小蛋糕，饮料除了酸奶还有果仁奶和奶啤。上等兵没等打上饭，抱着餐盘蹲在地上大哭起来，说自己班长临走时饿着肚子，从早上起来到下午人没时就咬了两口压缩饼干。

晚上熄了灯，有战士去水房洗漱，看见上等兵站在水房的镜子跟前鞠躬，一边鞠躬一边反复地说："对不起，对不起。"

战士把情况报告给队里，队长晚上把上等兵带到自己屋里，想跟他说说话，可上等兵进了屋一声不吭，只呆呆发愣，过会儿说困了，想睡觉，队长就把他送回了屋。

第二天一早，和上等兵同屋的战士过来找队长，说起床号响了以后，他们都着急穿衣服、扎腰带准备下楼跑操，只有上等兵不紧不慢，穿戴齐整了站到阳台上开始打敬礼，自己喊，敬礼！

然后啪地立正打一个敬礼。他们把上等兵拉回屋里,上等兵就自己在屋子里倒着走来走去。

　　站在队长宿舍门前,他隔着门上的透明玻璃向里看。上等兵佝偻着身子坐在两张床铺中间的书桌前,面朝窗户。在他身侧,床沿上坐着一个年纪在三十五岁到四十岁之间的女人,正同他讲话。

　　小屋里,从上等兵面向的窗户照射进来的阳光,让他想起年初在山上的团部营区,还没有进沟的某天。

　　那天吃过午饭,他和军医、营长、许元屹在医务室里烤电暖炉、抽烟。正聊着天,上等兵进来了。上等兵说自己养的狗病了,好几天不吃不喝,总拉肚子,想找军医给开点药。

　　军医说:"现在开药都得开单子,人好说,给狗怎么写?"许元屹往军医嘴里喂了根烟,点上火说:"你该咋写咋写啊。"军医坐到办公桌前拿出一张医药单,瞅着上等兵说:"那你说,照你说的写。"

　　"姓名?"军医问。

　　"花虎。"上等兵回答。

　　"性别?"

　　"男。"

　　"年龄?"

　　"三个月。"

　　"单位?职务?"

　　"单位……勤务保障连?职务……看家的。"

　　"提提身价,给它写保障处吧。"军医说,"然后科别和保障卡的账号花虎都没有……"

"病情及诊断?"军医又问,"我说你给它下的啥诊断?"

"拉肚子。"上等兵回答。

"那就写腹泻。"军医一边自言自语一边写,"先给开一周的甲硝唑氯化钠注射液吧。"

"哎,你。"军医抬头又瞅了上等兵一眼,"知道怎么给它打针吗?"

"我会,我练了。"

"在哪儿练的?"

"我拿自己练的。"上等兵说。

尽管上等兵此时背对着他,脸低得快挨到桌面,但他仍能清晰想见上等兵的神情。正如那天中午,上等兵一板一眼地回答军医接二连三提出的问题。事关生命存续的问题。

从教导队回到分区医院时已近傍晚。他爬上二楼值班室,推开门见教导员正盘腿坐在办公桌前对着摊开的笔记本出神。

"那孩子没啥事吧?"教导员见他进屋,松开咬在嘴里的笔。

"强制心理干预,先观察一段时间再说。"他说,"老团长他们上山了?"

"吃完午饭就走了,这会儿快到兵站了,应该能赶上晚饭。"教导员趿拉上鞋,身子转向他,"有意思吗你说,这是老团长被调到野战师当副参谋长以后头一次回咱团里。"

"你感觉呢?"他说,"这回指派他上去是参加谈判吗?"

"司令肯定会让他参与。"教导员说,"那边就有他认识的,都打过多少年交道的。那个死胖子又升了军衔,据说二老婆又生了个儿子。这回要是副参谋长见着死胖子，谈也肯定想好好谈，可想到许元屹还有受伤的弟兄们，肯定想扇他，至少要威胁他们两句吧？"

"再有，估计也考虑到了让他上去把握分寸。咱们和他们，就是之后上来的人……两拨人就跟斗牛和耕牛一样，培养目的和评估标准都不一样。现在这种情况必须两条腿，但首先这两条腿得稳当、得协调吧？他不是总说嘛，只要不是打仗，当主官的就别把下面的兄弟带病了、带残了、带没了、带监狱里去了，尤其把冲动和血性分清楚。别学那边的人，拿弟兄们的血给自己贴金。"

"这次带上山的石灰和刷子，是你给准备的吧？"他问。

"是啊。"

"他的一些思路，团里倒是坚持没有中断过。"

"是啊。"教导员若有所思，双手合十放到双腿之间，身子轻轻地前后晃动。

"说话还那么有激情？"

"太有了，上午去病房慰问就当场开讲。"教导员说，"对我和那几个病号说，眼前这份罪我们受得奢侈啊。看看梵蒂冈，它那面积存在这么个问题吗？压根儿用不着考虑。还有日本，跟他们聊退一步海阔天空？他们退两步就掉太平洋里了。可是买商品房你能挑邻居，国家没有这个自由。摊上了，又不是全靠拉铁丝网就能掰扯明白的。现在只能往极端里说，弟兄们站着生、站着死的地方就他妈的一寸都不能退也不能丢……"

他想起副参谋长还在团里的时候，有一天带队巡逻，副参谋长当时对照地图找了一块向阳的山坡，要他们用从河坝里捡来的石子，在山坡上摆出版图的轮廓，说对面要是放无人机过来，正好取上全景。那天中午，就在摆好的图形旁边，他们拿出带的干粮、背的矿泉水。吃完喝完，他捡起瓶子往包里装，老团长冲他喊，说塞进去干啥，都扔外边让大风吹走，吹到哪儿，就证明这边的人到了哪里。

"今天临走，关车门之前还在给我布置任务，让我准备一堂课。"教导员说，"也讲讲许元屹，让那些从其他单位调派过来预备上山的战士先听一听。可你跟战士谈意义，特别是谈生命意义，是非常难的一个事。而且……我老觉得许元屹还在，能怎么讲……"

教导员说着把手中的笔塞回嘴里，转身面向办公桌，手指蜷缩在笔记本上，反复地轻叩。

他下山前听营长说，沟里对峙时教导员正在老家休假。团部的电话打到工作手机上时，教导员正带着六岁的女儿坐在游乐场的卡丁车上。团部参谋急切汇报沟里斗争的情况和车场训练员让立马把车开走的喊叫声搅到一起，教导员等脚踩下油门时才清醒过来，顺势抢了把方向盘，将卡丁车撞停在赛道旁的轮胎墙上。教导员之前没给女儿系安全带，女儿的头冲前直接撞上车框。教导员的妻子从一旁飞跑上前，自己抱上女儿去了医院。教导员归队之前，女儿还在医院躺着，左侧脸颊的颧骨粉碎性骨折。

晚饭过后，卫生员去三楼练扎针，他和教导员在值班室一同整理文档，这也是副参谋长提议的。教导员手里存了一部分之前战士们写的家信，还有那日斗争之后，一些人写的遗书与请战书，包括眼下还在病床上躺着的人，也有人写了请战书，请求把伤养好之后即刻返回前线。副参谋长说，这些家信、请战书、遗书还有一些人写的格律体出征小诗，都是往后复盘时的佐证。

教导员边整理，边挑出几句讲文法的、激昂的话念给他听。他仔细翻阅不同大小和厚薄的纸张，使劲辨认纸面上潦草的字迹。纸上的、眼里的、教导员念出来的交叠，混淆，膨胀。一阵辣气从他胃里顶入食道。

急！急！急！
拂晓接令，千里狂奔只为敌。
险！险！险！
风紧气寒，沟深山高冰河远。

烈日悄无息，寒风无情欺。
萧然生死别，筹谋到戟迟。
思绪泛涟漪，告别胜相见。
未及平生顾，遗书抒我志。

假如战争爆发，上阵杀敌是我们义不容辞的责任，牢记连训！针锋相对、寸土必争！回想起军人誓词：时刻准备战斗，誓死保卫祖国，这就是我的决心！我请求参加此次作战任务，到一线打头阵。报国戍边！无须马革裹尸还！

妈，孩儿当兵已经一年多了，我知道您在家里一直担心我。担心我在部队不能吃饱饭，受苦、受冻等等。担心孩儿遇到一点小事，就想躲进避风港一样的家里。但是孩儿已经不再像小时候那样什么事都需要您一一操心了，孩儿已经长大了，像雄鹰一样飞向天空了，而且您所担心的事情在部队不会发生。因为这里每一个战友之间相处得就像家人一样，互帮互助，还有班长排长、连队主官就像长辈一样照顾着我们。遇到事了，他们永远抢先站出来保护我们。也有一群老兵在教我们知识，而且在他们的教育和照顾下，我正一步步成长起来，做什么也不像以前那样不经过大脑就乱来，而是在做事情之前都想一下后果是什么。所以您可以放心了，孩儿已经长大了，也不需要继续在您的臂膀下躲避了……

当他打开一个班排的人写在一条床单上的请战书，看见上面密密麻麻带血的指印时，教导员昨夜向他转述的许元屹母亲的那句话又直入脑海：我儿子最后的表现是不是勇敢？我儿子，他是英雄吗？

他在想，有谁能把那个许元屹说得明晰？谁会告诉他们，许元屹是由他母亲生在了麦地里？谁知道他为何到贵州安顺的工地上做工？什么讲稿能包含许元屹负荷累累、志气未曾衰减半分的强大生命力？

他将手盖在额头受伤处，手指使劲摁压突突刺痛的太阳穴。在山上犯头疼的时候，他会把许元屹叫来一块儿抽根烟，说说话。每回巡逻进沟，手机信号中断，十好几天里也就几个"毛人"来回瞪眼。夜里，大家伙尤其是刚下连队的新兵，都指望许元屹那天别累着，留点精力给他们讲故事。

许元屹时常说："不比你们，我小的时候吃过苦啊。"

新兵就接着许元屹的话再问："班长，你小时候吃过啥苦？"

许元屹便低下头掰响手指的骨节，开始不知第多少遍地讲起自己小时候的事。

    我妈当年快生我的时候，我奶奶还让我妈去小麦地里割麦子。

    我啊，就被我妈生在了麦地里。

    你们看着我矮，我妈说了，都怪我小时候老扛麦子，压的。一袋麦子百来斤，我一个肩膀就扛动了。要不说，扛你们过河不在话下。

    生我之前，我爷爷奶奶和我爸分家过日子。离开爷爷奶奶家的时候，奶奶给了我们家一点粮食，就是用化肥袋子装了八袋麦子，然后给了山顶上的一块地、三间房，还给了八十块钱。我爸觉得光有三间房没个院子不成，就在屋后刨地修整。第二天早上，我爷爷从屋里跑出来把我爸的头给打破了，说我爸占了他和奶奶的地。

    当时我们那儿喝水也得靠拉水。一米二高的铁桶，灌满了水的要卖八毛钱一桶。我们家没有自来水，也打不起井，我爸就想找奶奶用一下家里的井，可我爷爷奶奶都不让。最后也不知道买水喝了多久，八十块钱用完了，还欠了人家八块六毛钱。卖水的人说，你得先把欠的钱还上，不然这水就不能再拉了。

我爸去找我爷爷，说上一年跟着我爷爷帮人修车，说好了给工钱，眼下缺钱，让我爷爷给结一点。我爸当时想的是，按市面上的工钱差不多能结三百多块钱，我爷爷怎么也能给两百块钱。可我爷爷掏遍了身上的兜，凑了不到十块钱给我爸，说他就这些了。还上前头欠的，我爸把几袋小麦卖掉才又能往家拉水了。我爸说，我奶生他那会儿难产，后来别人算了一卦，说我爸是来讨债的，不可太亲近。

我妈生下我六七个月后，我爸就跟着同村的人上北京打工。我四岁那年，我妈怀上了我妹妹。

我人生的前三十年，头等大事就是攒钱给我妹子，只要她想考学，考到博士我也供她。

这几年，许元屹总朝身边几个关系不错的人叮嘱，不管他家谁来电话问一个月工资挣多少，都别说实话。许元屹一个月万把块钱工资，五千块打给妹妹学习和生活，三千块给家里，两千来块钱自己存着，能不花则不花。

许元屹曾告诉他，二〇〇八年汶川地震后，老家有不少搞工程的人过去参与重建。许元屹的父亲跟着一位老板干电焊，攒了点钱。回村后不久，支部书记动员许元屹的父亲包一座山头种果树，既能个人致富，也帮助当地绿化，果园达到一定规模还能享受一笔农业补贴。许元屹的父亲动了心，就把存折上的钱全投了进去。没想到果园还没建成，和许元屹的父亲商量事的支部书记就退了，履新的书记将补贴用在了其他亟待投入的项目上。许元屹家的果园一直没拿上补贴，资金后续跟不上，许元屹的父母又不懂果树培育，本钱赔得精光。

许元屹对他说，父母为了家庭没少折腾，只是脑筋和运气都差了点火候。

从沟里往山下走的那天，途经团部。车刚开进院子，就看见球场上停着一辆工商银行的流动服务车。团里的人告诉他，这段日子他们在山里通信中断。家里房贷、车贷还不上了的、亲人生病住院的、生孩子的、老人没了的……着急的家属们纷纷往团里打电话，有个别的包了地方车辆跑上山来询问情况。为了钱的事方便，团里找县里调派了一辆银行的车上来办业务，先安排还不上贷欠了银行信用款的家庭解决问题。又单独安排了一名排长每天接打电话，转告家属战士情况，解释这次任务出动得紧急，目前人都平安。

他也记得，那天下山的车刚停在烈士陵园跟前，手机信号恢复的信息提示就进来了，接着来了上百条未读消息、未接来电的提醒……他给父亲拨去电话时，父母的声音同时在话筒那边出现。他的心又再次紧张地跳动。

父亲说，那天吃饭时听见新闻发言人就某地的边境形势讲了几句话，知道字数越少，事越不妙。连着几天联系不上他，母亲托人找了位懂《易经》的师父给他批八字，看目前人还在不在。那位师父给的消息还算吉祥，说在西边，喘气，能动，要受皮肉之苦。

同父亲小学时就相识的叔叔随即也打来电话，告诉他这么多年，头一回见他父亲哭，说儿子找着了，还活着。又说他爷爷奶奶也都牵挂他，盼他尽早回家探亲。

军校毕业临去报到之前，他和父母到爷爷奶奶家道别。爷爷是市里钢铁厂的老厂长，退休十来年后中了风，只有半侧身子能动，口齿不清，极少言语。那天爷爷抽了两口他带去的烟，对他说了一句："我名下两套房，你回来就是你的。"

放下电话，他走进陵园。那时许元屹已经收葬。他站在许元屹的衣冠冢前，看着碑前新置的香炉、祭奠的酒和尚未打蔫的水果，遂想到那天黎明时分，他和许元屹蹲在崖壁底下那个洞穴里，打着手电写家信。

当许元屹听他说如果有谁牺牲了，这封家信就会被寄给家属时，立刻把刚写好的一页信纸撕了塞进石缝，堆上块石头，又掏出裤兜里一个早就空了、搓皱的烟盒，就手撕成方方正正的一块纸片，在上面写了一句话。

我只是死去，请为我自豪。

他从桌前站起，走出屋时眼前一阵发黑。教导员并未察觉他的反常，还在耐心地往电脑里誊录纸上的内容。

他走到楼道的水房洗了把脸，摸兜时记起烟落在了值班室。

许元屹以前问他："排长，你什么时候学的抽烟？"他如实说，是本科在军校里，站夜哨时学会的。他又问许元屹，许元屹说，当年为了供学习成绩更好的妹妹读初中，他跟着同村的人去贵州安顺打了半年工。在一家工地，跟着旁人打模板、扎钢筋、搞电焊。

216

工地上有一对本地的父子，常把家酿的米酒带到工地上请工友们喝。夜里，工人们聚在一起，光喝酒划拳不过瘾，还要抽烟，许元屹说自己就是那个时候学会的。起初许元屹也买一包两包的烟给教他做工的师傅抽，后来听说他出来打工是为了供妹妹读书，谁都不肯再接他的烟，不让他在烟钱上破费。

他印象中，许元屹有一回抽得最凶。

有年春节，年三十那天晚上，连队的人都在连队营房里和家里人视频聊天。十点多时，点位上的光缆坏了，信号一下中断。连长跑到机要参谋屋里找许元屹，叫许元屹赶紧准备工具修光缆。当时他也在机要参谋屋里，跟着一道跑出去上了车。

营房离点位二十几公里，那天夜里雪很大，等车开到点位已经过了十一点。跳下车时他才看到许元屹没穿电暖靴，他要跟许元屹换一下鞋，许元屹说不用，熔个光缆，费不了多长时间。

猛士车的车灯照着，连长和他给许元屹从两侧打着手电，许元屹很快找到了断点。熔光缆时不方便戴着手套和防寒面罩，许元屹都摘了扔在一边，用手一点点地把保护层、涂覆层剪了剥开。天太冷，玻璃丝是脆的，一熔就断，等熔接好回到车上，已到了大年初一。

往连队返的路上，司机开大暖气：车里刚暖和几分钟，就听见许元屹哎哟了一声。他扭头一看，许元屹满脸通红，淌着泪，哼唧说疼。连长问哪里疼，许元屹说浑身上下整张皮都疼，连长让司机赶快把暖气关了。

车到连队时，许元屹已僵在座椅上。连长赶紧叫了四名小个子战士过来，钻进车里把许元屹搬下去，抬进连队。军医叫人去炊事班后窖里敲了一块冰抱出来，拿高压锅烧，化出来的水倒进桶里凉到三四十摄氏度。之后把许元屹扶起来，两脚放进桶里，反复搓洗。之后又叫人烧了一锅水，给许元屹不停地搓洗胳膊和手。

凌晨三点多的时候，许元屹总算会张嘴说话了。虽说几天之后，他的两个脚指甲冻黑脱落，手上被玻璃丝扎穿的一个地方掉了痂，变成一个死肉疙瘩。但那天晚上，缓过来的许元屹第一时间叼上了烟，眼泪汪汪。

他和连长检查了许元屹耳朵、身上露出来的皮肤，没有冻起水疱，随即放下心，给许元屹接着续上烟。

大年初一中午会餐，许元屹被搀进了饭堂。许元屹坐的那一桌上有个小碟，盛着几颗比鹌鹑蛋略大的西红柿。那是连队通了长明电以后，种植员在大棚里多用了几个千瓦棒才种出来的，本想等年后领导上山视察时显摆。在许元屹还睡着的时候，连长找几位主官开小会，举手表决摘了果子，作为对许元屹前一夜抢修光缆的奖励。许元屹捧着果子，一瘸一拐端到了种植员所坐的那一桌，种植员接过去，又端到下排不久的新兵那桌。最后全体举手表决，给三位临近复转的班长一人分了两三颗。

这回上级单位的首长到医院慰问，给评了功的战士每人奖一台笔记本电脑。有一名战士还询问首长，能不能把发给自己的电脑折算成钱，拨给连队搞温棚建设，大家伙都喜欢看带秧子的瓜果。又说起许元屹曾从老家背了一袋子土上山，想先把土质改善了，种西瓜。首长听罢说电脑照发，温棚的建设也帮忙想办法搞，种出来了让新兵给陵园也送一份去。

他走出水房下了楼。那晚在山上帐篷里打过照面的军医在楼前的空地站着，手里拿着一个游戏手柄似的遥控器正在摆弄。

他走过去和军医打了声招呼。

"喏，迎宾大道。"军医把夹在遥控器上手机屏幕里的动态图像放给他看。

他凑到近前看："挺气派，就是看不到几辆车。"

"封城嘛，到处冷清。"军医说。

"你不回家看看？"他说。

"算了，疫情一来，我老婆带孩子上娘家去住了。"军医说，"我儿子刚打视频电话过来，我说要他好好学习，别惹他老娘生气，我有好几只眼睛能看见他。我把航拍的视频发过去让我儿子看了，让他找找自己家房子在哪儿。"

他和军医接着又看了看离分区不远的法桐大道。城虽封了，路灯和景观灯都粲然地亮着。

飞机落回楼前空地，军医收起手柄遥控器放进包里。

"不休假回去看看你对象？"军医说。

"还不急找。"他说。

军医点头："你年轻，沉两年再找也不耽误。"

"这回就挺怪的，"他说，"事情一出来，原本要留下接着干的，不干了；原本想走的，要求留下来。对象也是，原本要结婚的不结了，死活要分的，经过这一段时间找不着人，不肯分了又。"

"我是有一年突然觉得该把这事办了，"军医说，"我还仔细品了品，是不是自己的妥协，后来发现是基因。是该让这个基因往下传递了，没有现代科学和医疗条件，人也就活到三十五六岁，你可能不着急，可你的基因着急。"

"有烟吗?"他说。

军医从兜里掏出一包荷花烟递给他。

"都抽荷花啊。"他说。

"从官到兵，都抽。"军医说。

"这一批上山的核酸检测报告都出来了吗?"他问。

"三四百人呢，估计得到明天中午了。"军医说，"教导员在干吗?"

"准备教育材料，讲课。"他说。

"费那劲干吗，拉到前线转一圈就是教育。"军医说。

他和军医走到空地东侧的一棵梧桐树下，在石桌前靠着抽烟。

军医向他讲起自己去年八月份跟着上山保障会晤，那回是现任团长带队。军医说那边的人当时故意迟到几分钟，往近前走的时候，长官远远落在后面。前面先过来了几个人手提肩扛，施工队似的，一到地点立马开始张罗，架桌子，支椅子，撑遮阳伞。见长官要走到了，两个人抬出来一卷红地毯，往地上一推一铺，又抬过来一个弹药箱，铺上毛毡毯，摆好碟子，瓷杯置放其上。长官在阳伞下站定，摄像的人帮着拍了照，这才坐到椅子上。这时旁边又有人立刻从兜里掏出咖啡来，抱起水壶冲泡。军医告诉他，团长当场就看乐了，说这么大阵仗，泡个速溶咖啡实在可惜。

他告诉军医，这回那边的人列阵喊冲的时候，长官站在斜侧方让兵先上，眼看这边援兵变多，有的扔下自己人掉头跑得飞快。

"那天晚上我救了他们那边的一个人，他是被他们自己人逃跑撤退的时候踩断腿的。"军医说，"我到安置这帮人的医疗帐篷送药，有个指挥官就拉着我说，让我先给他治，过会儿又给翻译说，让我们单独给他安排地方，他的身份尊贵，不能和那些人待在一起。我当时准备给一个人缝线，看那个士兵搞成了那个样子，实在忍不住了，我说，你好意思吗？把你的兵带成这个样子还张得开嘴？"

"是不是采集视频的时候还让那人出镜了？"

"对，"军医眯着眼点头，"上来就'I love you，China'，一顿瞎白话，说我们对他们可太好了，天天给他们冲咖啡。"

"前年东线不也搞了一回嘛，我也在。"军医说，"有一道山脊线特别难投送物资，刚上去的时候什么都缺，有人都偷偷喝尿。"

"那回也有一个。"他说。

"对，"军医说，"我一个战友救治伤员过劳，犯美尼尔氏综合征了，和那个烈士一块儿被送下山的。"

军医讲，直升机运送那名烈士和几位伤员的时候，也把他的战友抬上去了，就躺在烈士旁边。飞机落地准备出舱前，军医的战友看见烈士的手忽然从担架上掉出来垂在那儿，就伸过去自己的手，牵了牵烈士的手说别着急啊，这就到了。

"等我这战友病养好了，头不晕了。"军医说，"就开始每天做梦，梦到在抢救伤员，怎么也救不过来。"

军医踩灭烟头，手插着兜，一只脚踏在树下的石凳上前后拉伸，说后来单位给那个战友批了年假，战友一个人开车，从老家

221

开到西安,从西安到成都,又从成都走318国道到了拉萨,在拉萨待了几天,然后转到冈仁波齐,到札达土林。再从阿里走219国道到新疆转了一圈,最北到达了喀纳斯。

"我那战友说,过后想想,也许'生''死'留给我们最大的困难就在于能不能接受。战友也好,亲人也好,你不知道怎么接受就是因为这太突然了,没有一个人提前告诉你,或者让你知道这是他离开的最好的方式。比如说他突然战死、突然病死,而你可能会想到一百种比这种方式更好的方式,对吗?"军医看着他,"你知道我说的是谁。"

"许元屹背战士过河的时候把脚脖子弄伤了,又被石块砸中,所以才会从崖壁上掉下去……"他端详着手指间燃得溜长的一截烟灰,"有人脑壳被石头砸裂了,但我们把他从那边抢回来了,现在人被转到战区医院,颅骨镶了钢板,再动两回手术就能打着视频电话和人吹牛了……"

"听着都太不像是二十一世纪能有的事……"他说,"所有战斗手段,都比战斗还古老。"

那个许久没有合上眼睛的人的面孔随即出现了。他在想,吃喝嫖赌抽、坑蒙拐骗偷、喜怒哀乐悲惊恐,这些乱七八糟毫无秩序又非常系统地组合在人身上的,加上诸如徒手将农用工具改造成趁手的武器,显现嗜血、暴力与残忍的本性。如何控制和调节这些恐惧,让人的情感与行为得以形成?背后主宰一切的力量也真是辛苦了,要亲自上手编写这么复杂纷乱狗屁不通的人性、畜生性和草木性……

"我不知道心里边有种什么感觉。"他自言自语地说,"所有人都说我们只是履职尽责，可我总感到胃里恶心……"

"恶心就对了……"军医沉默了片刻，"你闻着粮食香，是因为大脑皮质离不了碳水化合物。要是吃屎对身体好，人闻屎就是香的。要是你放倒一个人，或看见一个人被放倒，不恶心反而高兴，那你就完了。所有人都不恶心，人类就完了。"

"看那个新闻了吗？"他说，"有的病人嗅觉会变，以前闻着香的东西，现在觉得臭，以前臭的反而不臭了。"

"那也有个改变的底线。"军医说，"我向你保证，人的基因里永远不会写入一条：屎香，可食。"

晚上，他和衣躺在床上，听手机里播读的郑振铎译的《飞鸟集》。

听到困意袭来，他侧了侧身，胳膊护着肚脐就闭上了眼睛。

夜里寒气重，他想起身拉开被子盖上，却梦见自己一伸手够被子，醒了。

梦里，他看了眼手表，正是早上五点多不到六点。他推开猛士车的车门下去，许元屹和两名战士已经在河坝边砸开了一道冰口。许元屹和那俩战士架好油机，接上水车的水管就开始抽水。

抽水时，他见许元屹双手托扶水袋，两只手结结实实冻在上面，一边扶着一边哭。他说："许元屹你快撒手吧。"旁边的战士说："不行啊，排长，一撒手水管子就冻住了，油机熄火了再发动不着怎么办？"

他走近看，许元屹的手掌这时已粘在了水袋上，肿得发紫。他从耳后摸了根烟，塞进许元屹嘴里。

许元屹眼珠和嘴唇上凝着冰霜，像哭又像笑地冲他喷了两口烟雾。

三

带车回山上的前一天下午，他去教导队把那名上等兵带出院子，让上等兵跟自己去超市，照着下山前弟兄们给他列的货品清单采购物资。

临下山时，副政委嘱咐他到了能买东西的地方，也给山上的几名地方人员捎带一些吃喝用度方面的东西，团里掏钱。他印象中，深圳一家无人机公司的两名工人一直同他们住在一起，这二人除了协助无人机侦察任务，那晚也帮着医疗队救助伤员。看增援人员来了吃不上热饭，又跟着炊事班捡柴做饭。两人一个左脚骨折过，一个右手扭伤打着夹板。还有开装载机、推土机和挖掘机的几名驾驶员。那晚为了增援部队走近道进沟，彻夜开路，第二天一早从车上爬下来时，一个十九岁的驾驶员脚刚着地就喷了鼻血。

在超市，他和上等兵一人推了一辆推车。上等兵一手推车，一手拿着清单念念有词，来回扫看货架上的商品。

"你要给谁带什么也都拿上，我一块儿买了。"他说。

"不用。"上等兵说，"别的估计都能互相凑合，我给我们班拿了十条烟，您带给他们。"

"十条？"

"嗯。"上等兵点头，"每个人先分几包，等我上山了，再给他们多带。"

"你还上山？我记得你家里挺有钱吧？上个月家里人都找过来了。"他说。

"如果说咱们连有钱的，应该是我。"上等兵说。

"开飞机修理厂的我记得是。"他说。

"对，在珠海，给私人飞机做维修保养。"上等兵说，"我家那条街道有征兵任务，谁家都不肯去。我爸正好是一个什么委员，发扬风格，就让我来了。我要是今年走，回去就发我二十万服役津贴。只要我肯回家，我妈同意我随便提一台什么车。"

"挺好。"他说。

"好吗？排长，你觉得好吗？"上等兵停下推车，望着他。

"听你们队长说，你最近情况好些了。"他错过上等兵的眼睛，拿起货架上的一瓶洗头膏扔进面前的推车里。

"是，排长。"上等兵还是站着不动，怔怔地盯着他，"我有些问题，觉得还是只能和那天在山上的人说。我想跟您说说，行吗？"

上等兵将他带到那天夜里他步行时路过的那家眼熟的餐馆。餐馆门上贴着疫情期间暂停营业的告示，门前屋檐下摆着一桌俩凳。

上等兵拉出凳子坐下来："这是我们班长最爱吃的一家店，每回下山休假，他都先过来吃一顿。"

"那天路过瞅着眼熟，就是想不起来。"他说，"他在朋友圈里发过这个店。"

"是，排长。"上等兵说，"我们班长爱吃兰州拉面。"

"你的问题，"他说，"说吧。"

上等兵双手插兜，许久才开始说话。

"排长，我想留队。"上等兵说。

"家里同意吗？"他说。

"我跟他们说了，我病了。"上等兵说，"我自己知道，好起来也容易，以后替班长把他的活儿接着好好干下去，干明白，病就好了。"

"谁告诉你的？那个女医生？"

"不是。"上等兵摇头，"我先给您说两件事，然后我再问问题。"

"有一回，军区电台联网组训，"上等兵说，"班长叫我给他校报，他读得太快，我就把报校错了。班长当时特别气愤，说，你学了几个月的专业，报还能校错？你有你的责任，有你的使命，这要是打仗了，你这校串行了，还串了两行，仗得怎么打？我当时也没忍住，冲他发火，我就骂开了，我说我从当兵第一天就是等着退伍的，在这鸟地方气喘不上来，尿撒不出来，我脚上全长了冻疮，头也疼得不行，你还骂我。说完我就走了，老子不校了，叫我滚蛋还正好。但是我们班长还一直在发报，我走的时候，他手也没离开发报机。然后我还没走出门口，就听见砰的一声，一看，我们班长连人带椅子倒在地上。我赶紧过去把他扶起来，翻抽屉找速效救心丸。等班长吃了药缓过来以后，说晕倒不怪我，是他手上的汗流到发报机的键盘上，键盘又通着电，给他电晕了。"

"还有一个事，"上等兵继续说，"我刚下连的时候，班长晚上给我们开了个欢迎会，会上问我们有什么问题要问。我说我有问题，我想知道我们在这个地方当兵，每年创造的利润是多少？入伍之前，我家里面安排了钱行的酒席。我一个开加工厂的堂哥就说，当兵无非也是个工作，拿命换钱而已，说白了有多高尚？所谓牺牲也就是个概率问题，一百年打不了一次世界大战，这要是有个大师能预言未来三五年不打仗，纳税人何必花钱养着这帮人？"

上等兵说完，望着印在桌面的象棋棋盘。

"说完了？"他问。

"说完了。"上等兵说。

"那你现在想不通的，还是这个利润问题？"

"我是想问您，"上等兵抬起头看着他，"我们班长那么好的人死了，就是为了保护我们这样的人吗？"

树上蝉鸣和风吹动梧桐枝叶的声音落下来。良久，他问了一句："你有喜欢的女孩吗？"

上等兵点头："有。"

"记得她的样子吗？"他伸出手指头在自己的脸前比画，"她的轮廓……"

上等兵的眼神失了焦，轻声说："记得。"

"你记得她、认得她……"

"嗯。"

"是因为她的轮廓……"

"是。"

"边界……"他说，"国家的边界就是它的轮廓。我们在这里，是因为我们所有人都希望这个轮廓不要改变，要一直像我们心里记得的，还有那些死去的战友记得的，这个地方最好的样子。"

"上上任团长走的时候，全家三口人在团部大门口，跪下磕了三个头。"他说，"上上任团长的儿子，就是咱现在的营长，也来了这个地方。我从小一进陵园就特别害怕，但是去咱这儿的烈士陵园一点都不怕，还有被保护的感觉。"

"给我看病的心理医生也这么说……"上等兵说，"她下山轮休之前还去了一趟。她说有一回在陵园，她给一位班长放完糖，蹲下来想帮他把碑前打扫一下，突然那颗糖不知道什么原因，掉在她的手背上，她说那一下，她特别开心，也难过。可山上的经历，给内地很多人说他们也不能理解，他们看了，就只是富人看穷人的感觉。"

"还有件事……排长，"上等兵磕巴着说，"我学飞机构造的时候，教我的老师是英国人，我懂英语。那天有个那边的人受伤了，他就躺在地上一直大喊大叫，说不要抓他，他家里还有老婆孩子，上级授意他才过来的，不关他的事，要我们救他，他不想死……我老也忘不了他的哭声……排长，我忘不了……想想我们班长我应该……可我忘不了……"

"知道你们班长的原名叫什么？"

上等兵流着泪摇头。

"叫许元义，不是屹立的屹，是义气的义。"他说，"他小时候老跟人打架，他爸觉得是名字起坏了，老讲江湖义气不行，就给他改了名，改成了'中华民族屹立于世界民族之林'的那个'屹'。后来他自己也觉着改了挺好，'屹'字，一个山一个乞丐的乞，别忘了自己是山沟里出来的乞丐一样的人，做事只能比别人做得更好。他练发报的时候跳字了，自己拿尺子抽自己手背，尺子都抽断了。"

"我这两天想，什么叫有仁有义，'义'字好理解，仁呢？"他在面前的棋盘格子里摆出'仁'字的字形，"仁，就是一个人他有点二；仁就是得有两人，有了'对方'才能谈。"

"那边有个小士兵，每次巡逻碰上我都给他递烟抽，他就特别认我，说在我们这边当兵好。那天快打起来的时候，我第一反应就是在人堆里找他，我特别害怕他也在里面，最后我俩遇上。那种时候不该想这些，可要是这个良心没了，也不配穿这身皮。等我以后有儿子了，就给他起名叫'大同'，这个名字，你能指望你堂哥那样的，给儿子取名叫托尼、杰瑞的人理解吗？"

清晨临出发前，团里小卖部的两位老乡揣了两条烟，抱着一箱子蜂蜜蛋糕站在车跟前等，要他把东西带上山给弟兄们，是他们一点心意。当时沟里发生对峙，两位老乡应了团里需求，雇来一个地方上的司机开了一辆皮卡车上山，想先送一批货进沟。没料想，过九道弯坡道时车溜冰翻了，司机当场就没了。团里给这两位老乡算了笔账，这一年都是白忙。

他在车跟前推托再三，两位老乡不遑多言，东西搁进后备厢就走了。

车辆一旦驶过兵站，目所能及之处，天空比打火机喷出的火舌更蓝。高原汽车班的人都知道自己班排出过事的地点，路过时常以三支香烟拜祭。再向山中行驶，司机班长从车窗往外扔烟的地方也更多了。

及至越过达坂，峰岩雄踞，太阳雪白。夏之炎炎已全然留在法桐树荫郁郁覆盖的边陲小城，冰雪与寒风汹涌，接管身心与灵魂。

　　途经烈士陵园，车停在路边。

　　他们刚下车，司机班长就听见有人叫自己，马路另一侧，下
山方向停着一辆大厢板。大厢板的司机跳下车走过来，司机班长
也立即跑过去，走近时同那人拍了拍肩膀，站在路中间聊起来。
过会儿他走过去，司机班长向他介绍，说这是兄弟团的汽车班
长，自己的亲大哥，两人先后入伍，至今已有六年未见过面。司
机班长的亲大哥说，因为有过路的旅行者将烈士陵园里许元屹的
墓碑拍照传至网上，如今墓碑已被换成一座无字碑，刻字的墓碑
先行埋入一旁的地里，日后宣传时可以再挖出重立。

　　他和几位同车的人将带上来的一瓶酒洒在路边基石上，又立
上三根香烟，站了会儿就返回车上。司机班长拿着大哥给自己的
一盒口香糖和一副墨镜，连跑带颠地坐回驾驶座。司机班长搓搓
手，戴上墨镜，扳过后视镜左右照了照。

　　"许元屹啊，你这个安排真可以，我和我哥记你的好。"司机
班长系上安全带，长按喇叭，发动了汽车。

　　进沟前。在最后一处有信号的地方，司机班长停下车，让车
上的人向家里人再报声平安。

　　他打开手机里一个游戏应用。那是许元屹花九百多块钱买了
一个智能手机后，他帮许元屹下载的，是许元屹玩过的唯一一款
游戏。许元屹对他说，自己带的兵年纪越来越小，要是不会玩这
个，跟这些兵就没话说。可自从他带许元屹进了联盟，许元屹从
未花过半毛钱，总被联盟里的人叫作"穷鬼"。

他将联盟花名册下拉至末尾，看到许元屹的名字。不知是谁，也许是医院里那些伤员中的某个，在公屏上打出了赠予许元屹游戏号的元宝、铠甲、银票和兵符。他想了想，便给许元屹送出了人参果、体力丹、葡萄酒与夜光杯。

车子快开过九道弯时，从车窗探身出去吐了一嗓子的中士坐回座位。不远处，"冻土观测段"的路牌标志在他眼前迅疾掠过。

中士甩甩脑袋摇上车窗："以前山上风再大也不四处刮沙，现在改了脾性啊。"

"车多人多，加上飞机，沙土都给带起来了。"司机班长说。

"行，热闹了。"中士说着掏出纸擦了擦嘴，抬起胳膊压在胸前。

他问中士，怎么团里批二十天休假，中士只休了一半时间就返回了。中士讲，自己回到家后和一帮大专同学聚会，同学将聚会安排在了火锅店。饭吃到中间，一群服务员突然围上前来，给中士戴上生日帽，齐声合唱生日快乐歌。中士说，那天并不是谁的生日，同学们只为逗乐。看四周人眉开眼笑，中士无从解释，想一拳捣在蛋糕上。散了火锅局，中士独自溜达到巷子里一家酒馆，点了两杯酒。先给自己端起一杯，又给许元屹一杯，左手碰右手，一并干了。

"现在能品出山上饭菜的味道了。"中士说，"看视频刷到一家饭店，招牌菜端上来雾气腾腾，说是盘子里放了干冰。这干冰哪比得上在山上吃饭时候见的。那天你们谁在？立夏那天中午下了一场毛毛雪。当时我把菜摆在引擎盖上，捧着饭碗，雪花从空中飘下来落在碗口，沾在碗沿上。每片雪花融化前都有个形状，真个好看……"

"你就是这么吃凉饭把胃搞坏的。"司机班长说。

"那天你在我记得。"中士说，"拿走我一盒肉罐头。"

"王八蛋拿了你罐头。"司机班长说。

"拿就拿了，骂自己王八蛋干吗?"中士说。

司机班长哼了一声："我就是这么谦虚。"

他在座椅上正了正身子，拉展了胸前的衣兜。衣兜里装着两片梧桐树叶。

他想，回到沟里便把叶子烤干了给那名年轻的列兵卷上一根。抽一口，列兵就会知道今年山下的夏天是什么滋味。

图书在版编目（CIP）数据

杏园 / 董夏青青著. -- 北京：作家出版社，2025.5. --
（中国文学新力量丛书）. -- ISBN 978-7-5212-3331-5

Ⅰ. Ⅰ247.7

中国国家版本馆 CIP 数据核字第 2025MV0269 号

杏　园

作　　者：董夏青青
责任编辑：李兰玉
装帧设计：赵　璐
出版发行：作家出版社有限公司
社　　址：北京农展馆南里10号　　邮　　编：100125
电话传真：86-10-65067186（发行中心）
　　　　　86-10-65004079（总编室）
E-mail:zuojia@zuojia.net.cn
http://www.zuojiachubanshe.com
印　　刷：唐山嘉德印刷有限公司
成品尺寸：142×210
字　　数：171千
印　　张：7.625
版　　次：2025年5月第1版
印　　次：2025年5月第1次印刷
ISBN　978-7-5212-3331-5
定　　价：49.00元